AF449467

POR UNA VENGANZA

VERÓNICA REYES MARTÍNEZ

POR UNA VENGANZA

EXLIBRIC

ANTEQUERA 2020

VERÓNICA REYES MARTÍNEZ

POR UNA VENGANZA

¿Por qué me secuestran?

¿Qué es lo que quieren?

¿Qué es lo que me oculta mi familia?

Las que iban a ser las mejores vacaciones se convir-
tieron en una pesadilla con muchos secretos por delante
y preguntas que necesitan respuesta.

Capítulo I

Al fin terminaba el instituto. Estaba emocionada porque me iba a ir de viaje al igual que todos los años desde que tengo memoria. A Lugo. Exactamente a Ribadeo, cerca de la playa. Viajaría con mi padre y mi hermano mayor, Javier. Mi madre murió al poco de nacer yo por culpa del cáncer.

Del trabajo de mi padre sé poco. Va cuando está oscureciendo y no vuelve hasta la mañana siguiente. Aunque, a decir verdad, tampoco le pregunto ni me importa, pues estoy acostumbrada. No me puedo quejar, ya que económicamente nos va muy bien y siempre (o casi siempre) me compra lo que quiero.

Ribadeo es muy importante para mí. ¿La razón? Mis padres nacieron allí y pasé en ese lugar casi toda mi infancia. En concreto, viví en Ribadeo hasta los nueve años, cuando nos tuvimos que mudar a Londres, donde vivimos actualmente. No me puedo quejar, tengo mis amigos, pero a los de toda la vida muchas veces se les extraña.

Escuché la voz de mi hermano gritarme desde debajo de las escaleras, ya que mi habitación está en la segunda planta. Pero yo no me iba a ir sin estar cien por cien segura de que no me faltaba nada porque no íbamos a regresar hasta después de verano. A mi padre no le hace mucha gracia que se me olviden las cosas y me las tenga que comprar. Pero este año será diferente. Me llevaré todo, o al menos lo intentaré.

Javier es pesado. Es un año mayor que yo (él tiene dieciocho), aunque hay veces que parece un crío y otras, un adulto. Solo cuando está con sus amigos sí aparenta su edad. Es algo delgado pero musculoso, de pelo corto y oscuro y con los ojos verdes. Eso lo sacó de mi madre y lo demás, de mi padre. Yo soy todo lo contrario: mi piel es pálida, tengo el pelo rubio, sacado de mi madre, y ojos marrones como mi padre.

—¡Laura, vamos! ¡Baja ya! ¿Cuánto más vas a tardar en hacer la maleta? —preguntó por millonésima vez mi hermano.

—¡Lo que tenga que tardar! —grité molesta. ¿Tanto le costaba entender que quería estar segura de llevar todo para no llevarme una bronca de mi padre?

—¡Llevas más de una hora revisando la maleta! ¡Baja ya o te voy a buscar y la maleta se queda como la tienes! ¡Además, al final se te va a olvidar algo!

—¡Por eso reviso la maleta, para no olvidarme nada! ¡El vuelo no sale hasta dentro de dos horas!

—¡Pero te recuerdo que de casa al aeropuerto hay una hora en coche!

Escuché como mi hermano subía las escaleras mientras cerraba la maleta. Cuando lo vi en la puerta puse cara de pena y se la di, acompañada con un beso en la mejilla.

—Te quiero —dije con voz dulce y salí rápidamente de la habitación.

—¿Por qué tengo que llevar tu maleta?

—Porque eres un caballero y no vas a hacer que tu pequeña hermana lleve una enorme y pesada maleta —le respondí mientras bajaba las escaleras.

—Bueno, pero solo esta vez, renacuaja.

Salí de casa y vi que mi padre ya estaba en el coche esperando. Le di un beso en la mejilla y me senté en la parte trasera del coche, no sin antes poner música de la que nos gusta a los tres.

A los pocos segundos de sentarme apareció mi hermano con mi maleta mientas gruñía. Los dos nos reímos. Javier metió mi maleta en el maletero, se colocó a mi lado y nos pusimos los cinturones… ¡En marcha!

—¿Por qué has tardado tanto, hijo? —preguntó nuestro padre, empezando a conducir.

—Fácil, porque tienes una hija que tarda en hacer la maleta y luego espera a que su hermano suba al cuarto solo para llevar la maleta al coche. Y encima parece que lleva piedras.

—No seas tan delicado. —Le di un golpe suave en el brazo.

—A la vuelta llevas tu maleta. Como acabo de decir, parece que tienes piedras.

—Dejad de quejaros, parecéis unos críos —habló mi padre serio.

—Ha empezado él —dije quejándome.

—No quiero oíros —replicó mi padre molesto y puso la música más alta.

Los dos dejamos de hablar. Mi padre me había reñido por culpa de mi hermano, que es muy quejica. Miré por la ventanilla, pensando en cómo iban a ser esas vacaciones: amigos, fiesta, diversión.

Cuando me quise dar cuenta ya estábamos en el aeropuerto. Bajamos las maletas y entramos. Ya estaban anunciando nuestro vuelo, así que empezamos a correr hasta el detector de metales. Lo pasamos sin ningún problema y volvimos a acelerar el paso hasta la puerta de nuestro vuelo.

Al entrar al avión buscamos nuestros asientos. Mi padre y mi hermano se sentaron, pero, al parecer, se produjo un problema con mi billete a última hora y mi asiento estaba cuatro filas detrás del suyo, así que me fui a mi lugar, que al menos estaba al lado de la ventana, mi sitio favorito.

Me senté y observé por la ventanilla la pista de despegue, donde había hombres trabajando. Noté que alguien se sentó a mi lado y giré la cabeza para verle. Era un chico de más o menos veintidós años alto y moreno, de pelo negro, corto y rizado. «No está nada mal el chico», pensé.

—Hola —me saludó alegremente con sus labios gruesos mostrando una sonrisa.

—Hola —dije con una risa un poco penosa.

—Me llamo Leo.

—Yo me llamo Laura.

—Lindo nombre.

—Gracias. El tuyo también.

—¿Y vienes sola?

—No, mi padre y mi hermano están más adelante; solo que, al parecer, hubo un problema con mi billete y este es mi asiento. ¿Y tú vienes solo?

—Sí, pero se supone que me reuniré con mis primos cuando llegue a casa de ellos.

—¿Y en qué calle es? —pregunté para saber si estaba cerca de mi casa o de la playa.

—Calle Rúa Cantalarrana.

—Mi casa está más cerca de la playa. Está en la calle Muelle Mirasol.

—¿Y vienes de visita familiar o a pasar las vacaciones?

—De vacaciones. ¿Y tú?

—Yo más bien para ayudar a mis primos con un trabajo, pero podríamos quedar algún día y seguir conociéndonos.

—Eso sería genial. Esta noche tengo una fiesta en la playa con mis amigos. ¿Te gustaría venir?

—Me encantaría, pero tendré que escapar de mis primos. ¿En qué parte de la playa?

—En el arco de rocas, pero debajo.

—Intentaré ir —dijo guiñándome un ojo.

—¿Y qué trabajo es ese que tienes que hacer con tus primos? —le pregunté mientras me subían los colores a las mejillas.

—Solo es un asunto —dijo misterioso.

Estuvimos todo el vuelo hablando y cada vez me parecía más majo. Me reí mucho con las cosas que hacía cuando era pequeño. Nunca me comentó qué asunto tenía que hacer con sus primos, pero me daba igual. Leo era encantador y nada feo. Parecía que al final no había sido tan malo tener que sentarme en otro sitio.

El vuelo se me hizo muy corto gracias a él. Lo malo es que cuando salimos del aeropuerto él se fue por un lado y yo fui con mi padre y mi hermano por otro camino. Deseaba que viniera esa noche. Recuerdo que con tanta charla se me olvidó pedirle el número de teléfono. Esperaba que viniese esa noche y así se lo podría pedir.

Capítulo 2

Al fin llegamos a casa y lo primero que hice fue ir a mi habitación y abrir un poco la ventana para luego ordenar el cuarto e ir poniendo la ropa en su sitio. Dejé mi móvil cargando. Mientras tanto, me fui al cuarto de mi hermano, que aún no había deshecho la maleta. Estaba tumbado en la cama.

—Tortuga —dije riéndome y sentándome en su cama.

—Calla. No entiendo por qué no puedo dejar la ropa en la maleta y luego ir sacándola —respondió mientras se levantaba.

—Eres muy desordenado.

—Mira quién habla. Por cierto, ¿con quién te tocó sentarte al final? —preguntó mientras por fin empezaba a colocar la ropa en su sitio.

—Nadie, solo un chico —contesté sin darle importancia.

—¿Qué chico? —insistió, preguntando con un tono un tanto protector. Siempre que saco el tema de algún chico se pone en modo hermano celoso y protector.

—Pues un chico. ¿Celoso? —pregunté para molestarle un poco.

—¿Celoso yo? Para nada —respondió un poco molesto, poniéndose rojo, no sé si por pena o por rabia. La verdad es que no me importaba. Me encanta molestarlo, ya que él siempre que puede me molesta con cualquier cosa. Para eso somos iguales.

Javier es muy bromista, aunque a veces se pasa y termino enfadada con él, pero luego le hago chantaje y le perdono. O eso cree él, ya que siempre se la guardo para vengarme.

Una vez, cuando yo era pequeña, me escondió mi muñeca preferida y yo me vengué tirando algunos de sus juegos favoritos a la basura. Yo recuperé mi muñeca, pero mi hermano no logró encontrar los juegos y se los tenía que pedir a sus amigos.

—Hermano, estás rojo —le dije riéndome.

Mi hermano sonrió, malvado. Me levanté de la cama para correr a la puerta, pero él, que es más rápido, me cogió como un saco de patatas y me tiró a la cama, poniéndose encima de mí para comenzar a hacerme cosquillas.

—¡Pa… ra! ¡Pa… ra! —intenté decir sin dejar de reírme.
—Pararé cuando me pidas disculpas —aseguró, haciéndome más cosquillas.
—¡Lo siento! —grité, ya llorando de la risa.
—¿Qué es lo que sientes?
—¡Siento haberme reído de ti por ponerte celoso!

Paró y yo me quedé tumbada en la cama con la respiración agitada. Me quité las lágrimas de los ojos y cuando conseguí recuperar mi aliento normal me senté en la cama y vi que ya se estaba preparando para salir de fiesta.

—Ahora eres tú la tortuga —dijo mi hermano.
—Espérame. Voy rápido a mi cuarto.

Me comencé a preparar; me puse un bikini de color negro con lunares azules, una camisa de manga corta de color blanco, unos vaqueros también cortos y unas chancletas simples negras. Para finalizar, me peiné con una coleta.

Me miré en el espejo y sonreí al recordar a Leo. «Espero que se pueda librar de sus primos y que aparezca», pensé.

Lo complicado sería estar con él sin que mi querido hermano me vigilase. Para eso necesitaría ayuda de mi gran y querida amiga Raquel, que desde pequeña siempre me ha cubierto y ayudado en lo que me ha hecho falta. Hasta nos hicimos un tatuaje a escondidas con las iniciales de las dos. Lo bueno era que aún nadie se había enterado, ya que estaba en el costado y se podía tapar con el sujetador o el bikini. Cogí mi móvil y busqué a Javier.

Salimos de la casa, no sin antes despedirnos de nuestro padre. Al llegar a la playa, que no está ni a media hora de casa, vimos a todos nuestros amigos, que corrieron a saludarnos. Cuando vi a Raquel la abracé muy fuerte. La echaba de menos.

—Raquel, tengo que hablar contigo, pero no quiero que mi hermano se entere de nuestra conversación —le susurré al oído.

—Sin problema. —Fue a donde estaba Sara e hizo que esta fuera con mi hermano y su mejor amigo. Luego volvió a donde yo estaba—. Listo.

Aunque pareciera que mi hermano estaba distraído, lo conozco perfectamente y sabía que iba a estar pendiente de mí.

—Bueno, Raquel, puede que venga una persona más a la fiesta —le comenté mientras caminábamos más despacio.

—¿Cómo que una persona más? —preguntó emocionada.

—Solo te digo que es un chico —le expliqué con una sonrisa—. Ahora volvamos con el grupo antes de que mi hermano sospeche algo.

Nos reunimos con los demás e hicimos una pequeña hoguera mientras nos reíamos, bebíamos y contábamos lo que habíamos estado haciendo durante ese año, desde que no nos habíamos visto. Observé a mi hermano, que no dejaba de mirarme. Era normal, ya que estaba nerviosa, mirando a los lados para ver si Leo venía o no, y seguramente lo había notado.

Después de dos horas con la música a todo volumen, lo vi viniendo hacia donde estábamos nosotros (o, mejor dicho, hacia donde estaba yo) y una sonrisa tonta me apareció mientras iba a su encuentro. Sabía que mis amigos y mi hermano me miraban.

—Es bueno verte de nuevo. Ya pensaba que no ibas a aparecer. —Lo saludé con un beso en la mejilla.

—Me costó, pero al final conseguí librarme de mis pesados primos. —También me dio un beso en la mejilla y consiguió sonrojarme otra vez, como en el avión.

Escuché pasos que se acercaban a nosotros. No me hacía falta girarme para saber que era mi hermano, que no parecía muy contento con que Leo estuviera allí. Es protector, pero debería esperar a conocer a la persona antes de actuar como hermano mayor.

—Hola, ¿quién eres? —preguntó Javier cuando llegó a mi lado con voz un poco celosa.

—Soy Leo, mucho gusto. —Extendió el brazo para estrecharle la mano, pero se dio cuenta de que no era la intención de mi hermano y lo bajó—. Si no te importa que te pregunte, ¿quién eres tú?

—Soy Javier, hermano de Laura. Y como alguien le haga algo malo, no tengo miedo ni dudaré en utilizar las manos —replicó enfadado.

—¡Javier! —le reñí.

—¿Qué pasa? ¿No puedo conocer a tu nuevo amigo? —me preguntó, haciéndose el ofendido.

No le respondí y agarré del brazo a Leo, llevándolo lejos de todos. Cuando encontré un lugar apartado en la playa nos sentamos en la arena. No sabía cómo disculparme. Por culpa de mi hermano me sentía mal por el pobre Leo. Nada más aparecer y va Javier y le amenaza.

—Leo… Yo… Lo siento por la actitud de mi hermano. Es un poco protector, pero no debería haberse portado así contigo. No te conoce, no tiene derecho a decirte esto… Seguro que ahora prefieres no haber venido —me disculpé mientras me giraba para verlo.

—No ha sido tu culpa, ha sido mía. —Me sorprendí—. No tenía que haber venido, aunque por solo estar un poco contigo merece la pena —dijo levantándose de la arena.

—No ha sido tu culpa, ha sido por mi hermano. Por favor, no te vayas, quédate. Tenía ganas de que vinieras —le supliqué.

—¿Estás segura?
—Más segura imposible.
—Pues me quedo.

Se volvió a sentar a mi lado. Estuvimos hablando y conocí un poco más a Leo. Vivía solo, ya que su padre estaba fuera de casa y pasaría mucho tiempo hasta que volviera. De su madre no me habló.

Trabajaba en un taller de coches, aunque no me dijo nada de en qué trabajaban sus primos. Solo me confesó que no sabía si podía ayudarlos mucho. ¿En qué podrían trabajar los primos para que Leo no creyese que pudiera ayudarles?

Capítulo 3

Leo me acompañó hasta cerca de casa, ya que no queríamos arriesgarnos a encontrarnos a mi hermano, y para despedirse me dio un beso cerca de los labios. Entré en casa y fui a mi cuarto con una sonrisa tonta que nadie me podía quitar. Estaba feliz, pero aún seguía enfadada con Javier. No le iba a perdonar; no era una cría, sabía cuidarme sola. «Por Dios, ¿se cree que soy una niña de cinco años? Tengo diecisiete; él solo tiene un año más que yo», pensé.

—Hola, hermanita. —Apareció la persona a la que no quería ver por el marco de la puerta, esperando a que le dijese algo—. No me obligues a hacerte cosquillas.

No respondí. Solo lo miré con cara de pocos amigos para que se fuera, lo que, por suerte, no tardó en entender.

—Hablamos mañana, te quiero —dijo y se fue.

Me tumbé en la cama y apagué la luz. Al fin se fue de mi cuarto. Cogí mi móvil y escribí un mensaje a Leo. Esta vez sí me acordé de pedirle su número.

«Buenas noches, Leo. Me lo he pasado muy bien contigo. Espero que podamos quedar dentro de poco. Laura».

«Buenas noches. Si quieres quedamos mañana sobre las once. A esa hora mis primos estarán durmiendo, así que será más fácil escapar de ellos. Leo».

«¿Dónde quieres que quedemos? Laura».

«¿En el bar que estaba abierto cuando te he acompañado a tu casa? Leo».

«Vale, pues allí nos vemos mañana. Me ha encantado conocerte. Laura».

«Yo también estoy encantado de conocerte. Hasta mañana. Descansa. Leo».

«Hasta mañana. Laura».

Dejé mi móvil cargando, no sin antes poner una contraseña a los mensajes de Leo, solo por si acaso a mi querido hermano le apetecía cotillear mis mensajes. Aunque nunca lo hubiese hecho, no me fiaba, y menos teniendo en cuenta cómo se había puesto esa noche en la playa.

Me levanté sobresaltada por el ruido de una trompeta en mi oído, que hizo que me cayese de la cama. Cuando me puse de pie vi a mi hermano con su móvil, riéndose. «Maldito. Ya le tengo dos guardadas», fue el pensamiento que cruzó mi mente.

—¿Qué te sucede? —le grité yendo hacia él.

—Primero, al fin me has hablado. Aunque mejor sería decir que me has chillado. Segundo, papá ha dicho que te despierte para desayunar los tres juntos.

Bajé con mi hermano a la cocina, donde estaba nuestro padre con los desayunos preparados encima de la mesa. Nos sentamos frente a él y los tres empezamos a desayunar.

—¿Cómo te ha despertado tu hermano? —preguntó mi padre.

—La verdad, he tenido mejores despertares. —Miré a mi hermano con cara de pocos amigos.

—Es que no despertabas —se justificó, encogiendo los hombros.

—¿Cuántas veces has tratado de despertarme?

—Pues… La verdad, solo una. La que te has despertado —confesó mientras se empezaba a reír.

Lo miré mal. «Será maldito. No ha intentado despertarme bien. Ahora sí o sí tendré que pensar una gran venganza, una venganza que nunca olvidará y no tendrá ganas de hacerme este tipo de bromas. Intentaré también que nunca más se ponga como se puso ayer con el pobre Leo», pensé.

—Papá, ¿hoy qué vas a hacer? —le pregunté.
—Pues iré a algún museo. ¿Y vosotros?
—Yo, a un bar —respondió mi hermano.
—Yo igual. Puede que a pasear —mentí.

Por suerte, con mi padre no tenía el problema de que me viera con Leo, ya que los museos no están por esa calle. Y si por un casual me pillaba, con decir que era un amigo ya le valdría.

El verdadero problema iba a ser cómo librarme de mi hermano y esperar que el bar al que iba a ir no fuese el mismo donde yo había quedado. Por suerte, tenía a mi amiga Raquel, que me podía cubrir las espaldas con mi hermano diciéndole que estaría todo el día con ella. ¿Qué haría yo sin ella?

Terminé el desayuno y me fui a dar una ducha. Aún tenía tiempo, ya que eran apenas las diez y el bar está a unos cinco minutos. Como mucho, unos diez.

Salí de la ducha y me preparé con una camisa de tirantes azul claro, unos *shorts* y unas deportivas. Cuando ya estaba arreglada apareció mi hermano preguntándome cosas sobre Leo y sobre con quién iría a pasear.

—No te diré nada de Leo y me iré con Raquel. Y si no te fías la puedes llamar —le respondí, dándole mi móvil.

La llamó y yo sonreí. Sabía perfectamente que le diría a mi hermano que sí, aunque después yo le iba a tener que dar una explicación.

Raquel, como era de esperar, le mintió a mi hermano y él cayó en la mentira. Cuando se fue, sonreí victoriosa y me maquillé un poco. Javier puede ser el mayor, pero yo soy mucho más lista.

Salí de la casa y me dirigí al bar. Estaba un poco nerviosa, no sabía por qué. Al llegar entré y lo busqué con la mirada. Al verlo en la barra, fui donde estaba él y me puse a su lado.

—Estás guapa. Me alegra que vinieras; pensaba que no ibas a aparecer por culpa de tu hermano —dijo dando un trago a su bebida.

—Me costó, pero al final lo logré. Tú escapas de tus primos y yo de mi hermano. —Pedí mi bebida y cuando me la sirvieron le di un sorbo.

—Lo bueno es que ya estás aquí —añadió sonriendo y mostrando sus blancos dientes.

Pero, como siempre, tuve mala suerte con mi hermano. Lo vi aparecer con su mejor amigo. Lo maldije por lo bajo. Al menos había algo bueno: no nos había visto. Miré hacia delante, poniendo mi mano a un lado de la cara por si acaso mientras pensaba cómo conseguir salir sin que ninguno de los dos nos viera.

—Laura, ¿estás bien? —preguntó Leo agarrándome de la mano.

—No, mi hermano y su mejor amigo están aquí. Y mentí a mi hermano, diciéndole que había quedado con una amiga. Como me vea, se va a enfadar por estar contigo.

—Si quieres vamos por la puerta de atrás. Mi coche está fuera.

—Sí, por favor. Y muchas gracias.

Salimos con cuidado de que mi hermano o su amigo no nos vieran. Al estar en la calle suspiré de alivio. Menos mal que conseguimos salir. Vi que su auto era un BMW de color rojo.

—¿Ahora qué hacemos? Mi hermano nos ha molestado.

—Si quieres te llevo a mi casa y vemos una película en mi cuarto; mis primos no nos molestarán.

Dudé, pero al final me decidí a subirme a su coche y él empezó a conducir. La verdad, estaba un poco nerviosa. Íbamos a estar solos en su cuarto y, al parecer, sus primos no nos iban a molestar. Solo esperaba que mi hermano o mi padre tampoco nos molestaran con llamadas o mensajes.

En menos de media hora llegamos a la casa de sus primos. Nos bajamos del coche y entramos en la vivienda. Parecía grande por dentro, pero no me la enseñó. En vez de eso, subimos por las escaleras a la segunda planta y entramos en su cuarto. Era de color blanco con líneas negras. Tenía un escritorio con un portátil y una cama.

—Siéntate en la cama, yo busco una película.

Obedecí y me senté en la cama mientras veía cómo ponía una película en el portátil y me miraba.

—¿Quieres un poco de agua? —me preguntó sonriendo.

—No, gracias.

—¿Seguro? Que luego, cuando empiece la película, no voy a bajar.

—En ese caso sí.

Se fue de la habitación. Aproveché para ver lo que tenía en el cuarto y así poder conocerlo un poco mejor. No tenía gran cosa, solo ropa y poco más. Llegó al poco rato y me dio el vaso de agua. Tomé un pequeño trago. No sé por qué, pero me empecé a encontrar mal, a sentir que todo mi cuerpo me pesaba. Miré a Leo; estaba a un lado, observando. La cabeza me daba vueltas, los ojos se me empezaban a cerrar, pero alcancé a distinguir dos figuras borrosas que entraron en la habitación.

—Muy bien, primo. Has logrado traerla. —Escuché decir a una voz masculina que no conocía.

Mis ojos se cerraron, pero pude notar cómo me caía a la cama mientras escuchaba susurros sin poder entender.

¿Qué estaba pasando?

Capítulo 4

Cuando abrí los ojos noté que mis tobillos y mis manos estaban atados a una silla en una habitación con poca luz. Vi un sofá a mi lado, cajas por todos los sitios. Para llegar a la puerta había que subir unas escaleras. No había ninguna ventana. Deduje que era un sótano. Rápidamente me di cuenta de lo que estaba pasando e intenté afrontar la realidad: me habían secuestrado. Me sentí estúpida. ¿Cómo pude confiar en Leo? ¿Por qué acepté haber venido? ¿Cómo pude ser tan tonta? ¿Qué pasaría con mi familia? ¿Tardarían en encontrarme? ¿Cómo me había dejado secuestrar tan fácilmente? Todas estas preguntas aparecían en mi mente.

Empecé a ponerme nerviosa y lo único que se me ocurría era intentar soltarme, moviendo brazos y piernas con algo de brusquedad, pero lo único que conseguí fue lastimarme las muñecas y los tobillos. Me puse más nerviosa.

—¡Sacadme de aquí! —gritaba sin parar.

Comencé a llorar. No se me ocurría nada para salir. Me sentía como una imbécil. Intenté tranquilizarme y cuando lo logré me puse a pensar cómo salir de allí.

De repente escuché unos pasos cerca de la puerta, vi que esta se abría y apareció Leo, que bajó las escaleras y vino hasta donde estaba yo.

—¿Por qué me tenéis aquí? —pregunté molesta y mirándolo mal.

—¿En serio que no te acuerdas de nosotros? ¿No te suena habernos visto alguna vez?

—¿Que si me acuerdo de los imbéciles que me tienen aquí maniatada? No, pero no me has dicho por qué demonios me tenéis aquí.

—Ya lo sabrás con el paso del tiempo —dijo Leo antes de ser cortado.

—¿Queréis dinero?

—Solo queremos lo que es nuestro. Como se suele decir muchas veces, la venganza es un plato que se sirve frío. —Apareció un chico en la puerta.

—Vamos, Leo, que si no sales de la casa van a sospechar.

Se fueron los dos y empecé a pensar en lo que me dijo Leo, lo de que si me acordaba de ellos. No me sonaba haberlos visto antes ni en el instituto ni por mi barrio ni por los sitios a los que siempre iba con mis amigos. ¿Quiénes demonios eran? ¿De qué se querían vengar? ¿Qué era lo que querían? Ni mi hermano ni mi padre ni yo les habíamos hecho nada malo. Realmente, no habíamos lastimado a nadie. Y menos teníamos algo de ellos.

Volví a llorar pensado en mi familia, en lo preocupados que estarían, aunque no creía que se enterasen hasta la noche. O tal vez ya lo sabían, ya que no tenía consciencia de cuánto tiempo había estado dormida. ¿Fue durante el desayuno la última vez que los vi?

«Cueste lo que cueste, tengo que lograr escapar, dejar de llorar y ser valiente por ellos. Sé que mi madre me está protegiendo desde donde está. Debo ser más lista que ellos. Cuando escape, haré que los tres se pudran en la cárcel», pensaba mientras seguía tratando de soltarme.

Cuando me quise dar cuenta, apareció Leo con una bandeja de comida y la puso delante de mí. Al menos parecía que no me dejarían morir de hambre. No obstante, no me fiaba; tal vez habría puesto algo en la comida.

—¿Me puedes desatar? Me duelen mucho las muñecas —pregunté con voz de dolor y a la vez rota de llorar.

—No puedo. Abre la boca para que puedas comer algo —respondió mientras me acercaba la cuchara de sopa. Lo miré mal y apreté los labios. No pensaba fiarme de él, no pensaba comer—. Si no comes ahora, hasta dentro de unas cuantas horas no se te va a dar nada.

—Me da igual —contesté y volví a apretar los labios.

Me sorprendió ver el gesto de Leo. Parecía que me estaba suplicando que comiese. Ahora estaba mucho más segura de que sí había puesto algo en la comida. Si no, ¿por qué pondría esa cara? Me negué cada vez que intentó meterme la cuchara en la boca. A la quinta vez que lo hice pareció rendirse, ya que subió las escaleras con la bandeja y desapareció por la puerta, cerrándola.

Volví a intentar desatarme, pero lo único que conseguí fue lastimarme más las muñecas y los tobillos.

Escuché la puerta abrirse, pero esta vez era uno de los primos. Bajó las escaleras para luego sentarse en el sofá. En ese momento dejé de intentar soltarme.

—Dime qué es lo que queréis, que supuestamente lo tenemos nosotros —le pregunté mirándolo.

Vi cómo se levantó sin responderme y cogió un trapo para atármelo y ponérmelo en la boca. Lo miré y me fijé en que no se parecía mucho a Leo. Tenía el pelo rizado y oscuro y la piel más pálida, con los ojos marrones.

—Así, callada, estás más guapa, primor —replicó él, volviendo a sentarse en el sofá. No tardó en tumbarse—. Voy a dormir, tú no hables. —Cerró los ojos.

Volví a intentar soltarme. Noté que mis muñecas me comenzaban a arder; aun así, no le di importancia hasta que el dolor fue en aumento y algunas lágrimas empezaron a caer. El sueño me apareció, pero no iba a dormir. Aunque junto a mí estuviera uno de ellos durmiendo, en cualquier momento podía despertarse o aparecer alguno de los que faltaban. Como si lo hubiera invocado, Leo entró con otra bandeja de comida. ¿Cuánto tiempo había pasado desde que bajó con la anterior bandeja?

—Ya has tardado —le dijo el primo, despertándose y levantándose—. No paraba de llamarte y no me dejaba dormir.

—Mmmm… —trataba de hablar, mirándole.

El primo salió de la habitación y Leo dejó la bandeja a su lado para quitarme el trapo de la boca. Cogió un plato de carne y me lo mostró.

—Por favor, come algo.

—Mis... muñecas me duelen.

—Come algo primero.

—¿Cómo sé que no has puesto nada malo?

Para mi sorpresa, Leo cogió un poco de carne y se lo metió en la boca. Luego hizo lo mismo con la sopa. Parecía que no habían echado nada. Mi tripa me traicionó, ya que sonó en señal de que quería comida.

—Tienes hambre. —Leo sonrió.

Resignada, abrí la boca para comer primero la sopa y después la carne. Debo admitir que estaba todo bueno. Cuando acabé me dio un vaso de agua, no sin antes beber él. Al terminar todo me limpió la boca con una servilleta y me sonrió. Eso hizo que me sorprendiese, pues el tipo que me había secuestrado me estaba sonriendo. Actuaba como si se tratara de dos personas diferentes, una que me secuestró y quería que le diésemos algo y otra que se preocupaba por mí. Aunque tal vez solo quería que no me muriera por no comer.

—Las muñecas me duelen, aunque sé que te da igual.

Se dio la vuelta para mirarme las muñecas, pero no me soltó. Era más listo de lo que pensé.

—Deja de forzar para intentar soltarte; si no, será peor para tus muñecas. Y no las tienes muy bien que digamos. Un poco más y las tendrás al rojo vivo. Seguro que los tobillos están igual.

Noté cómo me tocaba una de las muñecas y moví como pude la mano. No quería que me tocara. Se puso delante de mí y me habló:

—Por favor, Laura, pórtate bien. Mis primos... Tienes que tener cuidado. No hagas ninguna tontería. Fabián es el peor; tienes que cuidarte aunque se ha portado bien. Y Saúl... Bueno, ya verás cómo es.

—Quiero saber la verdad. ¿Qué queréis? Nosotros no os tenemos que devolver nada. Ni siquiera sabemos quiénes sois.

—Laura, intenta que mis primos no bajen. No grites; si lo haces y te escucha Fabián, vendrá. Por favor, no hagas nada. Vendré cuando pueda. Intenta dormir. Me quedaré aquí hasta que te despiertes. —Se sentó en el sofá.

Me decidí a estar alerta en todo momento, intentando encontrar la forma de escapar. Leo no paraba de mirarme. Yo solo miraba las escaleras; había catorce escalones para llegar a la puerta, que parecía estar sin llave, pues no había oído la cerradura en ningún momento.

Comenzaría a calcular el tiempo que estaba sola y el que estaban conmigo. Intentaría tenerlos controlados para saber en qué momento podría escapar. Lo malo era que, como no me enseñó la casa, no sabía muy bien dónde estaba la puerta principal, pero tenía muy claro que cuando cruzase esa puerta correría sin parar hasta estar a salvo.

Leo se levantó y me puso un trapo en la nariz. De repente noté mis ojos pesados y sin darme cuenta me quedé profundamente dormida, soñando con mi padre y mi hermano.

Capítulo 5

Cuando abrí los ojos miré a mi alrededor y vi a uno de los primos de Leo. Era Fabián.

—¿Dónde está Leo?

—Se fue, primor. Por cierto, hermosa, me llamo Fabián.

—Me da igual tu nombre. Y, por cierto, me lo dijo tu primo.

—No saques tu carácter. No sé si mi primo te ha avisado, pero mi hermano y yo tenemos poca paciencia y cuando se nos acaba somos lo peor.

Tengo que admitir que eso me sonó a una amenaza y me dio un poco de miedo, pero no estaba dispuesta a demostrarles nada a ellos. Tenía que ser valiente, costara lo que costara.

—Solo eres tú el que no tiene paciencia —me atreví a responder—. ¿Cuándo me vais a decir qué es lo vuestro, eso por lo que estoy aquí?

—Bueno, te lo diré. —Se sentó en el sofá—. Tu querido padre les quitó algo a los nuestros y los metieron en la cárcel. Solo queremos que nos lo devuelva. Y si eso no pasa, le haremos sufrir. Así que esto es culpa de tu padre. No te diré nada más del asunto, pero si algún día vuelves a ver a tu padre, que te responda. Al parecer, la única que no sabe nada eres tú.

—¿Cómo supisteis que vendríamos aquí? —pregunté y se me hizo un nudo en la garganta.

—Secreto nuestro. —Sonrió.

Nuevas dudas me vinieron a la mente. ¿De qué trabajaba mi padre? ¿Mi hermano sabía algo y por eso se puso así con Leo? ¿Qué era lo que en realidad me ocultaban? Pese a todo, no creía que papá trabajase con algo que tuviera que ver con ellos. Él es una buena persona que se gana rápidamente el cariño de todos, mientras que ellos parecían delincuentes que secuestran.

—Mi padre no tiene nada que ver con vosotros. —Se levantó del sofá.

—Me voy, preciosa. —Empezó a caminar hacia las escaleras.

—Espera —le pedí.

—¿Quieres que esté contigo, primor?

—Necesito ir al baño.

—¿Y quieres que te suelte para que puedas escapar? Aguántate. —Salió.

Era verdad que necesitaba ir al baño; no sabía cuánto tiempo llevaba aguantándome. Esperaba que Leo o Saúl viniesen y pudiera convencer a alguno para ir al baño. Y que no tardaran, pues me lo iba a hacer encima.

Cerré los ojos, pensando en algo que no fuese agua, y como si fuera un milagro escuché la puerta abrirse. Abrí los ojos y vi a Leo.

—Leo, necesito ir al baño —lo miré suplicando—, por favor. Por favor, déjame ir baño. No aguanto más.

Me desató las manos con cuidado y cuando me puse de pie las volvió a atar a mi espalda, me vendó los ojos y luego me desató los pies. En el primer paso que di mis piernas fallaron y estuve a punto de caerme de no haber sido por Leo, que me sujetó. No sentía mucho los pies, lo que significaba que llevaba así bastante tiempo.

—Por favor, no hagas ninguna tontería. —Me ayudó a caminar—. Ahora las escaleras. Con cuidado.

Cuando salí de la habitación caminé durante unos minutos, aunque supuse que era para despistarme. Mis piernas lo agradecieron, ya que necesitaban moverse. Por fin logré caminar sin ayuda. Lo que más me extrañaba era que no se escuchase ninguna voz, ningún ruido. Todo estaba en completo silencio.

Al fin paramos y escuché una puerta cerrarse detrás de mí. Leo me quitó la venda, lo que me permitió darme cuenta de que estaba en el baño. Aproveché para mirarme al espejo. Estaba un poco pálida, mi pelo estaba sucio y debajo de los ojos tenía unas marcadas ojeras.

—¿Cuántos días he estado aquí?
—Llevas más de una semana aunque no te lo creas. Haz tus necesidades. Cada vez que te dormías por el trapo te meabas y te lavaba el pantalón. Tranquila, no hice nada. Además, con el cloroformo duermes días.

Lo miré sorprendida. Ahora entendía por qué era la primera vez que quería ir al baño. Aunque no me hizo mucha gracia que me limpiaran.

—No puedo hacerlo si estás tú delante.

Se dio la vuelta, dándome la espalda, y pude orinar. Aproveché para mirar por si encontraba algún objeto que pudiera utilizar para escapar, pero eran demasiados listos, ya que no había nada sobre el lavabo ni en la ducha. Al terminar me lavé las manos y la cara.

—Si te comportas, tal vez puedas darte una ducha.
—Leo, no tenemos nada vuestro. —Lo miré por el espejo—. No sé cuántas veces lo tendré que decir. Por favor, quiero salir de aquí. —Empecé a llorar—. Mi padre y mi hermano estarán preocupados.

Leo volvió a sorprenderme, ya que me abrazó. ¿Por qué? Puse mi rostro en su hombro y lloré hasta que me tranquilicé. No sé por qué lo hice.

—Pórtate bien con mis primos. Ellos no te harán nada si te comportas.
—¿Por qué me has abrazado? —Me separé de él.

No habló. Nunca nadie respondía a lo que preguntaba. Se limitó a volverme a poner la cuerda en las muñecas y a taparme los ojos.

Comenzamos a andar, pero noté que no me agarraba como antes. Ahora lo hacía más flojo. Tal vez esa fuese mi posibilidad de escapar. Sonreí y le di una patada en sus partes. Mientras caía al suelo, aproveché para desatarme con mucha facilidad, luego me quité la venda de los ojos y corrí, abriendo todas las puertas. Logré entrar en la cocina y agarré un cuchillo. Aunque no me atrevía a utilizarlo, tal vez solo me quedase ese remedio. Lo que me extrañaba era no escuchar a Leo ni sus pasos. Salí rápido y encontré la única puerta que estaba cerrada con llave. Seguramente, había encontrado la salida. En ese instante comprendí por qué no me buscó: si no tenía la llave, no podía salir.

—¿Intentando escapar? —Escuché una voz detrás de mí y me di la vuelta para descubrir al último primo que me faltaba por ver. Tenía el pelo corto, liso y rojo teñido, era pálido como su hermano y sus ojos eran color miel. Se llamaba Saúl—. Somos listos, niñita.

Se empezó a acercar a mí. Puse el cuchillo delante para que lo viera y no se acercase. Estaba asustada y a la vez me sentía idiota por haber tenido la oportunidad de escapar y no haberla aprovechado.

—¿Dónde está la llave? —Lo miré. No quería que se diese cuenta de que estaba asustada.

No respondió, pero tampoco paró. Retrocedí hasta darme con la puerta en la espalda. La mano que sostenía el cuchillo empezó a temblar y mis ganas de llorar aumentaron, pero no quería derrumbarme.

—Mejor suelta el cuchillo. No das miedo; ahora mismo pareces un polluelo asustado. —Me agarró fuerte de la muñeca y en un momento, sin darme cuenta, me quitó el cuchillo—. Ahora vamos a tener que pensar un castigo para ti.

Me llevó de nuevo al sótano, me sentó en la silla en la que estaba antes y me ató las manos y los pies. Agaché la cabeza por miedo y por lo estúpida que me sentía en ese momento. Cuando me dejó sola me permití llorar. Por mi cabeza pasaban ya oscuros pensamientos: «Nunca lograrás salir de aquí. Eres tan tonta que no has conseguido escapar. No saldrás de aquí hasta que ellos quieran. Date cuenta de dónde estás y deja de pensar planes».

Aunque una parte de mí se resistía, decidí que por el momento sería mejor no hacer una tontería y rendirme hasta que encontrase un mejor momento.

Escuché la puerta abrirse, pero no subí la cabeza. No quería que me vieran llorar, aunque ni siquiera sabía quién entró hasta que me levantó la cabeza. Era Leo; me quitó las lágrimas y me besó la frente.

—No creía que la puerta fuese a estar cerrada con llave —me confesó.

¿Qué significaba eso? Me ató suavemente y no me siguió. ¿Lo había hecho para que pudiera escapar? Era imposible. Tal vez solo había sido un juego para él: la chica que habían secuestrado estaba ilusionada porque pensaba que iba a conseguir escapar. Seguramente, solo se estaba riendo de mí.

No quería hablar, por lo que volví a bajar la cabeza.

—Laura, escúchame. El castigo te lo tengo que poner yo. No quiero hacerlo, pero si no lo hago sospecharán algo. Te ayudaré. ¿Confías en mí?

¿Sospechar de qué? ¿Creía de verdad que iba a confiar en él?

—No. Por tu culpa estoy aquí, no te lo voy a perdonar. —Le escupí.

Se limpió y salió. Mejor para mí, ya que prefería estar sola. De tanto llorar, sin darme cuenta, me quedé dormida.

Abrí los ojos lentamente. Me dolía la cabeza, pero noté que necesitaba dormir por mi cuenta. Al mover el cuello vi a Fabián sentado en el sofá, mirándome y sonriendo.

—Tengo una sorpresa para ti. Los tres hemos hablado y hemos preferido no ponerte a ti el castigo. ¿Quieres ver tu sorpresa? —No respondí—. ¡Hermano, entra!

Vi a Saúl entrar, pero no lo hizo solo. Entró con mi hermano, que no estaba en buenas condiciones: estaba demacrado, más delgado y no podía hablar, ya que tenía un trapo en la boca.

Mi color desapareció para dejarme pálida. Nuestras miradas se encontraron y en ese momento me intenté soltar, haciéndome daño en las muñecas, pero eso me daba igual. Esos desgraciados tenían a mi hermano.

—¡Dejad a mi hermano! —les grité.

Javier también intentaba soltarse desesperadamente, pero se notaba que no tenía fuerzas. Verlo así me hacía llorar.

—Por haber intentado escapar, ahora será él quien reciba el castigo.

—No, por favor. Castigadme a mí. No volveré… a intentar escapar. Por favor… —supliqué entre sollozos.

—Así aprenderás, primor —dijo Fabián.

Los dos salieron, llevándose a Javier, pero antes de que cerraran la puerta logré gritar algo a mi hermano:

—¡Te quiero y lo siento!

Capítulo 6

Pasaron días desde el encuentro con mi hermano, o eso creo. Más o menos me orientaba por las veces que bajaba Leo a darme de comer, aunque siempre rechazaba la comida. Solo pensaba en mi hermano. Estaba demasiado preocupada.

—Laura, tienes que comer algo —me volvió a repetir por millonésima vez Leo, acariciándome la mejilla—. Llevas muchos días sin comer.

—Mi… hermano —susurré cansada.

—Está bien. Por favor, come algo. No estás bien.

Negué con la cabeza. No tenía fuerzas ni ganas de nada. Ni siquiera me planteaba ya escapar. Necesitaba a mi hermano, verlo, asegurarme de que estaba bien. Lloré. Esos malditos ya habían conseguido que no intentara nada para salir de allí.

Leo me miró preocupado mientras me quitaba las lágrimas. Lo que hizo después me sorprendió, ya que me soltó y me puso de pie. No obstante, la falta de energía me hizo caer, pero antes de tocar el suelo me agarró. Me cogió y sin vendarme los ojos me sacó del sótano. Cerré los ojos por la luz que había. En el sótano lo único que alumbraba era una bombilla y allí la luz procedía de las ventanas, que dejaban pasar los rayos del sol.

Entramos en otra habitación. Cerró la puerta, encendió la luz y vi algo que hizo que los ojos se me abriesen como platos… ¡Mi hermano! Estaba atado a una silla con los ojos vendados y la ropa destrozada, lo que permitía observar los cardenales que tenía en la piel y las vendas que lo cubrían.

Se me rompía el corazón de verlo así y mis ojos se empezaron a nublar por las lágrimas.

—¿Quién es? —preguntó Javier moviendo la cabeza.

—Hermano —le susurré, intentando acercarme a él. Leo me tuvo que ayudar a llegar. Cuando estuve enfrente, me arrodillé y lo abracé—. Hermano… Siento no haberte hecho caso —musité en su oído.

—Laura. —Se movió.

—¿Qué te han hecho? —Lo agarré de la cara, no sin antes quitarle la venda de los ojos.

—Estoy bien. ¿Qué te han hecho a ti? —preguntó mientras me miraba.

—Se negaba a comer desde el día que te vio. La he traído para que viera que estás bien —intervino Leo.

—Laura, come solo lo que te dé Leo. Confía en él, te va a cuidar. —Se acercó a mi oído—. Si ves algo raro en él, como que está nervioso o no para de mirar a los lados, no obedezcas —me advirtió en voz muy baja.

Lo miré extrañada. Cuando lo conoció quiso que me alejara de él, pero ahora me decía que confiase. Le miré el abdomen más de cerca. Podía ver cómo estaba; en algunos sitios tenía sangre seca.

—Estoy bien, Laura. Confía en mí. —Me miró serio.

Leo consultó su reloj y se acercó a nosotros. Se había ido a la puerta para que tuviéramos algo de privacidad, por llamarla de alguna manera. Me levantó y me indicó que era hora de marcharse.

—Te tengo que llevar de vuelta.
—No. —Me solté y abracé a mi hermano.
—Laura, por favor. Mis primos llegarán a casa pronto.
—Laura, ve. Haz lo que te he dicho —me pidió mi hermano.

Hice caso a Javier y dejé que Leo me llevara al sótano, donde al llegar me volvió a sentar y me ató las manos.

—Si convenzo a mis primos, luego te podrás dar una ducha caliente, pero primero quiero que comas. —Me puso la bandeja de comida en el regazo.

Lo miré a él y luego a la comida, recordando lo que me había dicho mi hermano. Empecé a comer lo que me daba: lo de siempre, sopa y carne.

El trozo de carne me estaba sabiendo a gloria y mi estómago lo agradecía. Decidí hacer caso a mi hermano y confiar en Leo. «Espero que no se equivoque», pensé. Cuando terminé con la carne y la sopa, bebí el agua que había.

—Haz caso a tu hermano y confía en mí. —Me besó la mejilla.

Moví la cabeza y él salió del sótano. Ver a mi hermano me dio lo que necesitaba para recuperar la esperanza de salir de ese lugar. No iba a rendirme por mi hermano. Lo sacaría de esa casa.

Al poco rato entró Leo sonriéndome y se acercó a mí. Me soltó, pero me tapó los ojos.

—Te vas a poder duchar —me susurró al oído—, pero tendré que estar yo contigo. No miraré. No hagas ninguna tontería.

Asentí, aunque no me hacía mucha gracia que estuviese dentro mientras yo estaba desnuda. Al llegar al baño cerró la puerta y me quitó la venda. Me observé en el espejo; estaba más pálida que la última vez, más delgada, con ojeras. En esos días no me había cuidado nada, solo estaba pensando en cómo estaría mi hermano.

Leo me dio la espalda y abrí el agua. En mi interior había una lucha para decidir si bañarme o no. Estaba Leo, pero realmente necesitaba un baño, así que finalmente me quité la ropa y me metí. Me empecé a duchar. No quería salir; estaba de maravilla. El agua que me caía me relajaba, hacía que mis músculos dejasen de estar tensos. Se estaba tan bien que si hubiera sido por mí me habría quedado todo el rato; pero, para mi mala suerte, llamaron a la puerta.

—Ya lleva mucho tiempo. Que salga ahora mismo de la ducha —ordenó uno de los primos. Creo que era Fabián.

—Ya termina, primo —respondió Leo.

—Cinco minutos.

Salí de la ducha, me sequé y mientras me vestía miré por si hubiera algo que pudiera serme de utilidad, pero, como es lógico, no encontré nada. Leo en ningún momento me miró, se quedó de espaldas. Le toqué el hombro y se giró para mirarme.

—Leo, quiero irme —susurré en su oído.
—Ten paciencia —respondió también en un susurro.

Al poco rato estaba de vuelta en el sótano. Por suerte, no me ató a la silla. Caminé por la habitación; mis piernas me lo agradecían. Subía y bajaba las escaleras mirando la puerta, que sabía que estaba sin llave porque en ningún momento la había escuchado. Mi hermano me dijo que no hiciera ninguna tontería, pero esta podía ser la única oportunidad de escapar, ya que Fabián y Saúl se habían ido al rato de que yo saliese del baño.

Una vez que mis piernas se acostumbraron a caminar rápido, me dirigí a las escaleras y las subí, abrí la puerta y salí corriendo lo más rápido que pude hasta la habitación donde se encontraba mi hermano. Lo desaté, le quité la venda de los ojos y lo levanté.

—Nos vamos —le dije, sacándolo de la estancia.

Me extrañó no ver ni oír a Leo, pero no me importaba. Fuimos hasta la puerta, que, por suerte, estaba abierta. Creo que nuestra madre nos ayudó en ese momento. Al salir el aire nos golpeó suavemente. Ya estaba oscureciendo.

Corrimos como pudimos, alejándonos de aquella casa. Una gran sonrisa se dibujó en mi rostro; lo estábamos logrando.

Capítulo 7

Cuando me quise dar cuenta ya había declarado ante la policía, describiéndolos, y había explicado cómo mi hermano y yo logramos escapar. Quería decir el porqué del secuestro, pero mi hermano me hizo callar.

Cuando salimos de la sala donde nos tomaron declaración vimos a nuestro padre. Corrí para abrazarlo y fui correspondida con un abrazo fuerte de su parte.

—Te extrañaba, papá —le dije sin soltarle.

—Y yo, mi princesa.

Al separarnos dio un abrazo rápido a Javier y salimos de la comisaría rumbo a casa. Íbamos en silencio y yo con muchas preguntas para mi padre.

Al llegar a casa mi hermano se fue a su cuarto y mi padre, a su despacho. Era el momento, así que le seguí y entré en su despacho, sentándome frente a él.

—¿Qué pasa, princesa? —Me miró.

—Quiero preguntarte unas cosas.

—Dime.

—¿De qué conoces a las personas que nos han secuestrado? ¿Y qué es lo que tienes suyo?

—Nunca he visto a esas personas. Laura, mi niña, esas personas son secuestradores. No les creas en nada. Sé que te costará, pero intenta olvidar el secuestro.

—Pero papá...

—No hay peros, Laura. Ve con tu hermano. Enseguida estaré con vosotros.

Salí del despacho, pero las preguntas seguían agolpándose en mi cabeza. Si no me quería decir nada, lo averiguaría yo sola.

Fui al cuarto de mi hermano, que estaba acostado mirando el techo. Me tumbé a su lado y lo abracé.

—Ya estamos juntos y a salvo. —También me abrazó—. Vamos a descansar un poco.

Cerramos los ojos y caímos rápidamente en los brazos de Morfeo. No soñé nada, pero estaba tranquila y muy cómoda hasta que un maldito sonido me hizo abrir los ojos. Al principio no sabía de dónde venía hasta que caí en la cuenta de que se trataba de mi móvil. La policía me lo había devuelto; lo habían encontrado en la basura. Contesté sin ver el número.

—Laura —escuché la voz de mis amigos y sonreí—, en una hora en la discoteca. Hay que hacer una fiesta para celebrar que estáis aquí.

—Vale. —Colgué y vi a mi hermano despierto—. Nuestros amigos quieren que vayamos a la discoteca en una hora para celebrar.

—Ya les echaba de menos. Mucho han tardado en llamar. Deberías ir a tu cuarto a prepararte. —Me besó la frente y se levantó.

Me levanté y me dirigí a mi cuarto, donde empecé a prepararme un vestido que me llegaba por encima de las rodillas de color azul oscuro y unas sandalias negras. Me maquillé un poco natural, dejé mi pelo suelto y cogí el móvil. Salí del cuarto y vi a mi hermano con una camisa negra, unos vaqueros y sus deportivas esperándome en el principio de las escaleras.

Miraba a veces el rostro de mi hermano, en el que aún se notaba algún que otro cardenal, al igual que en los brazos. Suspiré. Les iba a salir caro todo el sufrimiento tanto psicológico como físico que habían causado a mi familia.

Al llegar a la discoteca vimos a nuestros amigos en una mesa y nos unimos. Lo primero que hicieron fue abrazarnos fuertemente para luego empezar a beber.

—Los que os han secuestrado lo van a pagar muy caro. Vamos a matarlos —dijo Raquel mientras los demás asentían.

—¿Sabéis qué, chicos? —preguntó mi hermano y todos lo miramos—. Estamos en una discoteca, mi hermana y yo ya estamos a salvo. Disfrutemos.

—Pero tío, mírate los brazos y la cara. Y apuesto a que todo el cuerpo lo tienes mal —indicó Pedro.

Javier no respondió, sino que se bebió su chupito y se levantó para ir a la pista de baile. Todos lo imitaron, menos yo. La verdad, no estaba cómoda. Necesitaba hablar con alguien, pero si le contaba algo a Raquel sabía cómo se pondría. Seguramente, montaría un espectáculo.

Me encaminé hacia la pista mientras pensaba con quién podría hablar. Me acerqué a Pedro.

—Pedro, ¿te importaría acompañarme a dar una vuelta? No estoy bien aquí —le grité en el oído para que me escuchase.

Me miró y me agarró del brazo, sacándome de la discoteca. Solté un suspiro cuando estuve en la calle. Me estaba agobiando.

Pedro me llevó a un bar cercano en el que, por suerte, no había casi gente. Vino el camarero, pedimos dos cafés y no hablamos hasta que ya estuvimos servidos.

—Siento haberte sacado de la discoteca, pero me estaba agobiando.

—No pasa nada. Además, un café me ayudará con lo que he bebido. —Nos reímos.

—Pedro, tu padre es policía, ¿verdad?

—Sí, acuérdate de que es el que os preguntó cuando fuisteis a comisaría.

—Sí, bueno…

—Mi padre me contó que parecía que ibas a decir algo, pero tu hermano no te dejó.

Me sorprendí aunque fuera verdad. No creía que lo hubiese notado. Seguramente, si le contaba todo me ayudaría. O quizá solo iría a contárselo a su padre.

—Menos mal que conseguimos escapar. —Sonreí.

—¿Qué te pasa?

—Nada.

—Dime. De aquí no sale, te lo prometo. —Suspiré, pero le acabé contando.

—En el secuestro uno me dijo que querían lo suyo, algo que mi padre les quitó.

—¿Sabes lo que es?

—La verdad es que no. Antes creía que mentían, pero ahora cada vez más pienso que dicen la verdad.

—¿Por qué?

—Por cómo actúan mi padre y mi hermano. Solo me dicen que no les conocen y que me olvide del tema.

—No sé qué decirte, esto es muy raro. —Pedro se quedó pensando.

—Lo sé, pero solo con que me escuches me vale. Eres un gran amigo.

—Si quieres me meto en el expediente de tu caso y si veo algo te aviso. No diré nada a nadie.

—Te lo agradezco. —Le di un abrazo.

Nos levantamos y caminamos sin rumbo. El simple hecho de hablar con él me animó algo. Al rato sonó mi móvil.

—Laura —dijo Raquel—, ¿puedes venir a la discoteca? Tu hermano está borracho.

—Ahora voy. —Colgué—. ¿Me ayudas a llevar a mi hermano a casa? Está borracho.

—Vamos. —Se rio.

Cuando llegamos estaban todos en la puerta de la discoteca con mi hermano, que estaba vomitando. Me tapé la nariz.

—Gracias, chicos. Mañana hablamos.

Pedro agarró a Javier y nos pusimos rumbo a casa. Ninguno decía nada, excepto Javier, que balbuceaba cosas que no se le entendían. Ya en casa, lo subimos su cuarto. Nada más tocar la cama se quedó dormido.

—¿Te quieres quedar a dormir? —le pregunté a Pedro—. Ya es muy tarde.
—No, gracias. Ya sabes: si averiguo algo, te llamo.

Lo acompañé a la salida y nos despedimos con un abrazo. Cerré la puerta, me fui a mi cuarto y me tumbé en mi cama para dormir.

Capítulo 8

Al día siguiente me desperté, me estiré y me levanté para ir a la cocina. Allí me encontré a mi padre y mi hermano desayunando mientras hablaban (o, mejor dicho, mientras mi padre hablaba y Javier lo miraba con cara de resaca).

—No me habéis despertado. —Me preparé un zumo de naranja y me senté con ellos.

—Necesitas descansar —contestó mi padre y se levantó para darme un beso en la mejilla. Se sentó de nuevo.

—¿Qué tal tu resaca? —pregunté a mi hermano.

—Papá me ha despertado y no me ha dado nada para el dolor de cabeza —dijo mientras apoyaba la frente en la mesa.

—Castigo por haber venido borracho —explicó serio mi padre. Javier gruñó, poniendo las manos en la nuca, y nos reímos—. Silencio. ¿Qué os parece hoy estar los tres juntos? —propuso papá.

—Sí —respondí yo.

—Prefiero ir a dormir —reconoció Javier.

—No vas a dormir. ¿Qué te apetece hacer, Laura?

Me quedé pensando y decidí ver alguna película, ya que si mi hermano salía de casa todo el mundo pensaría que le pasaba algo.

—¿Películas?

—Sí. —Mi hermano se fue rápido al sofá y se tumbó.

—No le dejarás dormir, ¿verdad?

—Exacto.

—Pero primero me gustaría ir a ver la tumba de mamá.

—Pues vamos.

—Prefiero ir sola. Luego vemos una película. —Le di un beso en la mejilla.

Subí a mi cuarto a vestirme. Cuando estuve lista salí a la calle y fui a comprar un ramo de rosas. Al llegar al cementerio dejé el ramo y me quedé contemplado la lápida. La extrañaba bastante. Había veces que me gustaría estar con ella y hablar, pues había cosas que me daba vergüenza contar a mi padre o a mi hermano. Por ejemplo, la primera vez que me bajó la regla tuve que llamar a una amiga de la ciudad para que me acompañara a comprar lo que necesitaba. O la primera vez que les conté que me gustaba un chico: ellos lo invitaron a comer y estuvieron todo el rato interrogándolo. Aquel día me quería morir de vergüenza.

Después de un buen rato junto a ella, volví a casa. Entré y vi que estaban en el salón y me uní a ellos. Empezamos a ver algunas películas y estuvimos así hasta la hora de la cena. Al caer la noche y tras finalizar la cena subí a mi cuarto, me tumbé en la cama y vi que tenía llamadas de mis amigos. Suspiré y les mandé un mensaje por el grupo:

«Hemos estado toda la tarde con nuestro padre. Laura».

«¿Podéis quedar ahora? Raquel».

«Estoy un poco cansada y mi hermano, con resaca. Hablamos mañana. Laura».

Dejé mi móvil cargando, me tapé con una sábana fina y me dormí.

Me desperté porque mi hermano me estaba moviendo. Yo solo gruñí; no quería levantarme. Se notaba que la resaca le había desaparecido.

—Te levantas o te tiro agua fría —me amenazó.

Abrí los ojos y lo miré. Si las miradas mataran, ya estaría más que muerto. Odio que me despierten y, sobre todo, como lo hace mi hermano.

—Ya estoy despierta. Ahora vete. —Me tapé con la sábana por completo.
—Estás más dormida que despierta. —Se rio. Le volví a gruñir y me levanté.
—¿Contento?
—Sí. A desayunar.

Mi hermano se fue y yo me metí en el baño para mojarme la cara y espabilarme un poco. Bajé a la cocina. Como todas las mañanas desde que era pequeña, desayuné con mi hermano y mi padre.
Ese día mi padre se iba a ver a unos antiguos amigos. A mí, la verdad, me apetecía estar sin mi hermano.

—Bueno, yo me quedaré en casa. Así descanso un poco. Hermano, tú podrías quedar con alguien —le propuse.

—Creo que yo también me quedaré en casa. Aún no lo sé.

Al terminar de desayunar me vestí rápidamente y fui donde estaba mi hermano.

—Al final voy a quedar con Raquel para pasar un día de chicas.

—Si pasa algo, llámame —me pidió mi hermano.

Asentí y salí de la casa. Al fin podía estar un rato sola. Caminé hasta la playa, ya que era uno de mis lugares favoritos. Por suerte, no había mucha gente, así que fui hasta el borde del mar, me descalcé y seguí caminando. Sentía cómo el agua me mojaba los pies; era una sensación muy agradable. Realmente, necesitaba un poco de tiempo para mí misma, un tiempo de paz. Quería desconectar de todo lo que estaba pasando y dejar la mente en blanco, aunque eso siempre cuesta. Anduve hasta donde empiezan las rocas, me subí a ellas y me senté en el borde del acantilado. El mar estaba tranquilo y solo se veía a algunos niños con sus padres en el agua. Cerré los ojos mientras respiraba tranquilamente, pero, para mi mala suerte, sonó mi móvil. Gruñí y contesté.

—Me ha llamado tu hermano diciendo que habíamos quedado las dos ahora. —Escuché la voz de Raquel.

—Quería salir un rato sola y desconectar —le confesé.

—Es peligroso que vayas tú sola.

—Mentí a mi hermano para que no me diera un sermón. Por favor, no me lo des tú. Si veo algo malo, llamaré a mi hermano. Ahora te dejo. —Colgué.

Me levanté y salí de la playa. Caminé sin ningún rumbo. La verdad, me daba igual; lo único que quería era eso. Sonreí para mis adentros. Era tan raro poder estar sola, sin nadie a mi alrededor que me estuviese hablando…

Al instante me paré en seco y me escondí en un portal. Había visto a Fabián y Saúl. Con un poco de suerte, ellos a mí no. Cogí mi móvil y llamé a mi hermano.

Mi tranquilidad desapareció en un segundo para que apareciera el miedo.

Capítulo 9

Lo pensé mejor y colgué rápidamente. No era momento para preocupar a nadie. Tuve suerte de haberlos visto antes que ellos a mí. Lo único que podía hacer era esperar a que se alejasen. Noté mi móvil vibrar en el bolsillo del pantalón y vi que me llamaba mi hermano. Le colgué y escribí un mensaje:

«Estoy en un bar, la música esta alta. Luego te llamo. Laura».
«¿Quieres que vaya? Ya estoy aburrido. Javier».
«No, te recuerdo que estoy con Raquel. Laura».

Suspiré. Ya no me escribió más, lo cual quería decir que se lo había creído.

Me asomé un poco y vi que se estaban alejando. Eso me alivió. Salí con cuidado y corrí hasta casa, pero sin dejar de estar alerta. Llegué rápido, pero no entré hasta que estuve tranquila y pude controlar mi respiración. Al entrar vi a mi hermano en el sofá; parecía que me esperaba.

—Llamé a Raquel. Dijo que estabais en su casa.

—Y estuvimos un rato en su casa.

—Le dije que me habías llamado y me contó la verdad.

—Quería estar un rato sola.

—Quiero la verdad de la llamada —respondió cabreado, levantándose del sofá.

No quería mentir a mi hermano, así que me quedé callada. Él se levantó y se acercó a mí. Agaché la cabeza.

—Debiste haberme dicho la verdad. —Me abrazó.

—Solo me asusté, pero ellos no me vieron.

—Vamos a hacer una fiesta en la playa, así que ponte guapa y olvídate de todo.

Mi hermano me soltó y fui a mi cuarto, donde empecé a prepararme: bikini negro, pantalón vaquero corto, camisa de tirantes de rayas y sandalias. Me peiné con una coleta y bajé al comedor, donde esperé a mi hermano, que no tardó en bajar con un bañador, una camisa negra y unas chanclas. Nos dirigimos a la playa, donde nuestros amigos ya habían hecho la hoguera. Al vernos pusieron la música alta y empezamos a bailar mientras yo fingía que lo estaba pasando bien. A los pocos minutos me alejé un poco para sentarme en la arena. No tenía ganas de fiesta ni de nada. Pedro se sentó a mi lado. Al parecer, me había seguido.

—¿Qué te pasa?

—Solo que no tengo ganas de fiesta.

—¿Quieres que te acompañe a tu casa?

—No quiero dejar solo a mi hermano.

—No se va a quedar solo. Está con los demás.

Me levanté para ir a donde estaba Javier y despedirme. Ni Pedro ni yo hablamos en el trayecto a casa. Al llegar le pedí que se quedase hasta que vinieran mi padre o mi hermano. Por suerte, no se negó.

Nos fuimos al salón y nos pusimos a ver una película. Cuando estaba a la mitad, me decidí a hablarle:

—Esta mañana he salido de casa sola y me he encontrado a Fabián y Saúl —le confesé—. Al llegar a casa se lo tuve que contar a Javier.

—Mira, Laura, ahora mismo es peligroso. La próxima vez llámame y me quedo un poco lejos de ti sin molestarte y así puedes estar sola, pero sin preocuparte.

—Gracias por ayudarme. Hay veces que no sé si decírselo a mi hermano o callarme.

—Aquí me tienes para lo que necesites. —Me abrazó—. Si necesitas hablar, algún consejo o algo, aquí estoy para todo.

—Eres un gran amigo.

—A ver si tu hermano no se queda en la playa durmiendo. —Pedro se rio.

—Se emborracha muy rápido. —Empecé también a reír—. Si quieres, puedes quedarte a dormir.

Después de hablar seguimos viendo la película. Cuando terminó, llamé a mi hermano.

—Hermanita… Qué guapa. La arena es muy cómoda.

—Estás borracho. Pedro se queda a dormir.

—Muuuy bieeen.

Colgué y me reí. Cuando se emborracha es como un payaso.

—Pedro, ¿te importaría quedarte a dormir?

—Claro que no. Si te parece, duermo en la cama de Javier.

—Cógele un pijama. Muchas gracias por quedarte.

Pedro subió al cuarto de Javier y yo al mío. Me puse mi pijama y me tiré a la cama a dormir.

Me levanté sobresaltada. Pedro me había despertado y me había puesto una mano en la boca, haciendo un gesto para que no hablara. Miré la hora: las tres de la mañana. Escuché ruido abajo y me asusté. Pedro me empezó a quitar despacio la mano de la boca.

—Creo que han entrado en la casa. No hagas ruido, te sacaré de aquí —susurró.

Suerte que mi padre no estaba. Antes de llegar a casa con Pedro me llamó para decirme que se iba a quedar en casa de un amigo. Mi hermano también estaba a salvo, pues seguramente estaría en la playa dormido. Solo estábamos en peligro nosotros dos.

Escuchamos pasos que subían por las escaleras. Pedro me levantó para meternos debajo de la cama. Estaba aterrada y lo único que hice fue abrazar fuertemente a Pedro, que comenzó a acariciarme el pelo.

Oí abrirse la puerta y Pedro me abrazó, atrayéndome hacia él.

—¡Tampoco hay nadie! —Escuché gritar a Fabián.

—Esperemos que aparezcan. —Se oyó la voz de Saúl. Luego sonaron sus pasos.

Miré a Pedro, pero él estaba observando los pies de los hermanos.

—Esperemos que no tarden en llegar; si no, esto será un aburrimiento —dijo Fabián.

—Te sacaré de aquí —susurró Pedro en mi oído.

—Vámonos, aquí no están. —Ahora era Leo quien hablaba.

—Nos estás defraudando —respondió Fabián—. Vamos a esperar a que vengan y punto.

Se escucharon pasos cercanos y luego notamos como alguien se sentó en la cama.

—Vamos a esperarles abajo —dijo Fabián y se fueron.

Pedro salió rápido y cerró la puerta con seguro. Salí de debajo de la cama. Pedro fue hacia la ventana y la abrió. Luego me miró.

—Salto yo primero y luego tú. Te cogeré, confía en mí.

Saltó primero y luego lo hice yo. Como dijo, me agarró. Después me bajó, me cogió la mano y empezamos a correr. Pedro era el que me guiaba. No sabía hacia dónde hasta que me encontré en su casa.

—Quédate hoy en mi casa. Seguramente, mañana no estarán, así que estate tranquila. Ahora, por favor, no hables hasta estar en mi cuarto, que mis padres seguramente estén durmiendo.

Asentí y entramos en la habitación caminando con cuidado para no hacer ruido. Cerró la puerta y encendió la luz. Quitó la ropa que había sobre la cama y la metió en el armario sin ordenarla.

—Siéntate en la cama. ¿Quieres algo de beber? —me preguntó. Agaché la cabeza al recordar lo que pasó cuando Leo me secuestró—. ¿Estás bien?

—Sí, solo que Leo me ofreció algo de beber cuando pasó todo. —Me senté en la cama—. ¿Cómo pude ser tan tonta de confiar en alguien al que acababa de conocer?

—Solo te ha engañado. Estate tranquila, estoy aquí para lo que necesites. Espera, que voy a por agua.

Pedro salió y apareció con una botella de agua. Bebí a morro y luego lo hizo él.

—¿Quieres dormir?

—La verdad es que ya se me ha quitado el sueño.

—Pues podemos hacer algo para distraernos. —Se quedó pensando—. ¿Peli? ¿O seguimos hablando?

—La verdad, no tengo ni idea. —Suspiré.

—¿Qué tal por Londres? —me preguntó.

—Muy bien. Mis amigos de allí no querían que viniera.

—¿Pareja?

—Estuve con uno, pero rompimos hace unas semanas, antes de venir. ¿Tú?

—Nada, nadie se fija en mí, pero hay una chica.

—Confiésate.

—Es complicado. Bueno, veamos una película.

Pedro puso una película en el portátil y nos tumbamos en su cama. Tenía mucha confianza con él, ya que lo conocía desde que éramos pequeños.

Antes de empezar la película le escribí a mi hermano para que supiese dónde me iba a quedar a dormir.

Casi al final de la película conseguí relajarme hasta tal punto que me quedé dormida. No obstante, notaba cómo me acariciaba el cabello.

Capítulo 10

Me desperté un poco desorientada hasta que vi a Pedro abrazado a mí y recordé todo lo que pasó la noche anterior.

Logré librarme de él sin despertarlo y cogí mi móvil. Tenía un mensaje de mi hermano, que decía que estaba desayunando con todos en casa de Raquel.

Me levanté y fui al baño con cuidado de no hacer ningún ruido. Me miré en el espejo; estaba toda despeinada. Me peiné un poco con las manos y volví a la habitación, donde Pedro ya se empezaba a despertar.

—Buenos días. Los demás van a desayunar en casa de Raquel. ¿Vamos?

Se estiró antes de responder, me miró con cara de adormilado y me empecé a reír.

—¿De qué te ríes?

—Es que tienes una cara de adormilado… ¿Vamos entonces a casa de Raquel?

—Si quieres ve tú. Yo prefiero desayunar aquí.

La verdad, no quería ir sola a ningún sitio. Tenía miedo, ya que Fabián y Saúl seguramente estuvieran por la zona. Ahora sabían dónde vivíamos; Leo se lo habría dicho.

—Desayuno contigo si no te importa.
—Pues vamos.

Se levantó de un salto y me llevó a la cocina, donde había una nota en la mesa. Pedro la tiró a la basura después de leerla.

—El chef Pedro hará un rico desayuno.

Nos reímos y empezó a hacer un desayuno que consistía en un batido de chocolate, tostadas con mermelada y un zumo de naranja. La verdad, no me extrañó que no hiciera nada especial, ya que es un desastre en la cocina. Hasta consiguió quemar una *pizza*. Cuando hubo puesto todo en la mesa, empezamos a desayunar.

—Bueno, estas tostadas se han salvado de ser quemadas.
—He mejorado en la cocina. Además, pocas veces se me ha quemado la comida.
—Sí, muy pocas veces —dije con sarcasmo y me eché a reír.

Cuando terminamos de desayunar le ayudé a recoger la mesa y nos pusimos rumbo a casa de Raquel.
Al llegar abrió mi hermano, que tenía una cara que hacía gracia. No pudimos evitar reírnos; él lo único que hizo fue gruñir y volver con los demás.

—Así que habéis pasado la noche los dos juntos. Y solos —señaló Sara con una sonrisa picarona.

—Cuando todos estéis bien tenemos que hablar. Sobre todo contigo, Javier.

—Javi, que se le ha declarado a tu hermana —siguió pinchado Sara.

—Dejadme —volvió a gruñir.

—Amigo —intervino Pedro muy serio—, es muy importante.

—Pues esperad a que esté más espabilado —nos pidió y dio un sorbo a su café.

Recordé lo ocurrido la noche anterior y agaché la cabeza. Gracias a Pedro no me atraparon y conseguí escapar.

Cuando todos consiguieron despertarse y tomaron algo para la resaca, Pedro se levantó del asiento con semblante sombrío.

—Querido amigo, fueron a vuestra casa. Créeme que, si no hubiera sido por mí, tu hermana estaría otra vez secuestrada o algo peor. Tu hermana estaba asustada y no sabía muy bien qué hacer.

Mi hermano se levantó de golpe con cara de enfadado.

—¡Voy a matarlos! —gritó Javier fuera de sí.
—Hermano, hay que avisar a papá —le dije.

Javier no me respondió. Salió del salón y sacó el teléfono del bolsillo del pantalón.

—Ahora sí tengo miedo —confesé cuando mi hermano se fue.

—Aquí estamos todos para protegeros —dijo Sara y todos asintieron.

—Gracias, chicos.

Me alegraba oír eso, pero a la vez me daba miedo que por nuestra culpa ellos salieran heridos. No sabíamos qué tenían planeado cuando nos encontrasen, pero seguramente también les harían lo mismo a quienes nos ayudasen. Debíamos cuidarnos mejor.

Al poco apareció mi hermano y se tumbó en el suelo.

—Ya está avisado. La policía va a ir a casa, pero los pienso matar. —Cerró los ojos. Hablaba muy en serio y eso me daba miedo, ya que sabía que era capaz de hacerlo y me preocupaba que pudiera salir lastimado.

—No te vas a poner en peligro —dije también seria—. Deja esto para la policía y que vayan a la cárcel.

—Pedro, Luis, ¿me acompañáis?

—¡No! —intervine antes de que ellos respondieran—. No los vas a poner en peligro. Hazme caso y déjaselo a la policía.

—¿No te das cuenta, hermana? ¡Ellos nos quieren matar, no son tontos! —dijo gritando mientras se sentaba—. Ya no quiero hablar, que sé que vamos a discutir.

Lo miré mal y abrí la boca, pero la cerré al instante y salí al jardín. ¿No se daba cuenta de que era un peligro? Varias lágrimas me caían por la mejilla. Todo me estaba pasando factura. Caí de rodillas y cerré los ojos intentando tranquilizarme. Conté hasta diez, pero no me sirvió de nada.

Escuché pasos y abrí los ojos. Vi a Pedro sentado delante de mí. Me quité las lágrimas.

—Tu hermano solo quiere protegerte y que esto acabe.

—Lo sé, pero no quiero que se ponga en peligro ni que os ponga a vosotros.

—Todos somos como una familia: nos protegemos los unos a los otros y cuando estamos lejos nos escuchamos y damos consejos. Tú también nos protegerías y cuidarías si alguno de nosotros estuviera en peligro.

Lo miré. Eso era verdad; si alguno de ellos estuviera en peligro yo le ayudaría, pero esto era muy diferente, ya que nos querían matar.

—Pedro, nos quieren hacer sufrir. Puede que hasta matar.
—Sobre mi cadáver van a matar a mis hermanos.

Lo abracé. Siempre lo he considerado como otro hermano.

—Gracias, Pedro.
—De nada. ¿Quieres entrar?

Asentí, frotándome los ojos y limpiándome las lágrimas. Volvimos al salón y nos pusimos a ver una película de acción. Al poco de empezar la película escuchamos ronquidos y nos dimos cuenta de que mi hermano se había quedado dormido.

Nos reímos en voz baja, aunque me preocupaba, ya que siempre, cuando se despertaba después de una fiesta, ya no volvía a dormir hasta la noche. ¿Estaría durmiendo mal por todo lo que pasaba? ¿Estaría durmiendo algo por las noches? ¿Se estaría emborrachando solo para olvidar?

Capítulo 11

Cuando terminó la película mi hermano aún estaba dormido. Me acerqué a él y lo empecé a mover.

—Hermano, despierta.
—Tengo sueño, déjame —protestó.
—Vamos a casa. Allí te duermes.

Abrió los ojos sin ganas y salimos de la casa para ir a la nuestra. Cuando entramos Javier se fue a su cuarto y yo al comedor, donde estaba mi padre hablando por teléfono. Me senté y esperé a que terminase; se movía de un lado a otro. Aún no sabía cómo encontrar la verdad y si Pedro había averiguado algo, aunque si no me había dicho nada suponía que no.

—Quiero vigilancia las veinticuatro horas. Me da igual. Han entrado en casa. —Empezó a ponerse más serio—. He dicho que vigilancia las veinticuatro horas y punto final.

Colgó y suspiró. Luego se sentó a mi lado, abrazándome.

—Todo irá bien, pequeña. No tengas miedo, eres valiente —me dijo al oído.
—¿Y si nos atrapan?
—No va a pasar. La casa estará vigilada. ¿Dónde está tu hermano?

—Dormido.

—La resaca, seguramente. —Me miró y me agarró de la cara—. Siento todo esto, princesa, pero ya sabes que no tengo la culpa de que os secuestraran. No sé qué quieren.

—No te culpes, papá. —Lo abracé.

—Ve a tu cuarto, por favor.

Obedecí y subí a mi cuarto. Cerré la puerta y me tumbé en la cama. Mientras mi móvil se cargaba, aproveché para mirar mis redes sociales. Había mensajes preguntando si estaba bien y algunas fotos con más *likes*, pero nada nuevo. Cogí los cascos y me puse a escuchar un poco de música hasta que llegó un mensaje de Pedro:

«Espero que ya estés más tranquila. No te llamo por si estás dormida. Pedro».

«Estoy más tranquila. Mi hermano se ha vuelto a dormir. Yo estoy escuchando música. Laura».

«¿Te apetece salir a dar una vuelta? Así no te aburres. Pedro».

«Ven a buscarme. Laura».

Me levanté de la cama y quité la música. Me puse una camisa gris, unos vaqueros cortos y mis deportivas. Esperé a que tocara el timbre, que no tardó mucho, y bajé. Salí de la casa y empezamos a caminar sin rumbo.

—¿Quieres oír algo gracioso? —me preguntó Pedro.

—Si es alguno de tus chistes no, gracias. Son malos.

—Es una cosa de tu hermano, que como se entere me va a matar.

—Entonces sí.

—¿Entonces quieres que tu hermano me mate?

—No, pero quiero saber algo ridículo de mi hermano.

—Pues un día, cuando íbamos los dos solos, en un bar se acercó a unas chicas. Sin darse cuenta se meó encima. —Ambos nos empezamos a reír—. Luego la chica le tiró la bebida encima. Espero que tu hermano haya aprendido a ligar, porque me acuerdo de que esa fue la primera vez.

Me reí tanto que hasta lloré. Nunca pensé que Javier al principio era torpe para ligar.

Fuimos a una heladería y pedimos unos helados, el suyo de manzana y el mío de limón. Nos sentamos en la mesa que había libre.

—Pedro, ¿y tú cómo eras al principio para ligar?

—Yo ligaba bien; les decía a las chicas cosas que les gustaban y ya está. Solo una me tiró un refresco, pero porque tenía novio. ¿Y tú cómo eras al principio?

—Calla. —Me puse roja—. Al principio recuerdo que cuando me gustaba alguien no podía hablarle y me ponía más roja que un tomate.

—Es verdad. —Se empezó a reír.

Cogí una servilleta, hice una bola y se la lancé. Pedro sabía cómo hacerme reír cuando estaba mal. Siempre lograba que me olvidara de todo y que solo disfrutase. Como ahora.

—¡Cállate! —Me tapé la cara.

—Vale. —Comenzó a reír menos hasta que al final terminó—. Ya está, nada de reírme.

Me quité las manos de la cara y seguí con mi helado, que se había derretido un poco. Después del helado volvimos a caminar hasta el centro.

—¿Qué te gustaría que te regalaran?

—¿Por qué lo preguntas? No me vas a comprar nada.

Pedro sonrió y entró en una joyería. Al poco salió y me puso una pulsera de plata con mi nombre.

—Espero que te guste.

—Pedro, no deberías haberla comprado, aunque me gusta. —Le sonreí. Me devolvió la sonrisa y seguimos con nuestro camino sin rumbo—. Gracias por quedar conmigo. Me habría aburrido en casa. Mi hermano seguramente aún estará dormido.

—No hay de qué.

Vi cerca de nosotros a Leo y sus primos y agarré de la mano a Pedro, que también los vio. Nos cambiamos de acera y nos escondimos. Lo abracé, ocultando mi cara en su pecho. No quería que nos atrapasen y mucho menos que Pedro saliera lastimado.

Sonó mi móvil y me quedé congelada. Colgué rápidamente y lo puse en silencio. No sabía por qué, pero me daba la sensación de que nos habían descubierto.

Por desgracia, no me equivoqué. Fabián y Saúl nos agarraron y nos sacaron de allí. Leo parecía vigilar que nadie apareciera. Vi a Pedro pidiéndole disculpas con la mirada.

—Al fin te encontramos, muñeca —habló Saúl, que me tenía agarrada.

—No le hagáis nada —les pedí, refiriéndome a Pedro.

Fabián sacó una pistola y mi rostro se puso blanco. Él se empezó a reír.

Pedro intentaba soltarse hasta que notó la pistola en la nuca. Comencé a llorar.

—No lo matéis —supliqué.

Noté cómo me ponían un trapo en la cara para hacerme dormir. Antes de cerrar los ojos vi que a Pedro le hicieron lo mismo.

Capítulo 12

Cuando abrí los ojos me di cuenta de que estaba en el salón de mi casa, atada a una silla, al igual que Pedro, mi padre y mi hermano. Todos tenían los ojos tapados, menos yo. Me puse pálida e intenté soltarme, pero era imposible.

Estaba aterrada, tenía mucho miedo. Ahora que nos tenían a los tres, ¿qué nos harían?

Vi que Leo fue el primero en entrar. Lo miré queriéndolo matar. Quitó la venda de los ojos a Pedro y a mi hermano. A mi padre le tapó la boca.

—Tú, maldito —dijo Javier con odio mientras intentaba soltarse.

Pedro, al contrario que mi hermano, miraba dónde estaba y después a mí.

—Estate tranquila —me susurró.
—No estás en buena situación. —Apareció Fabián con una pistola en la mano.

Yo miraba todo el rato la pistola, asustada. Saúl entró y me desató los pies. Me levantó mientras mi hermano intentaba soltarse.

—¡Dejadla, cabrones! —gritaron Pedro y Javier.

Leo me agarró del brazo y me llevó hasta mi cuarto, sentándome en la cama y cerrando la puerta detrás de él.

—Cuidado si intentas escapar. —Me mostró la pistola que tenía.

Miré la pistola sin hablar. No sabía cómo escapar de allí, cómo ayudar a mi familia y a Pedro a escapar.

Algunas lágrimas amenazaban con salir, pero yo no se lo iba a permitir. No en ese momento, cuando había gente que me importaba en peligro.

—Pedro no debe estar aquí. —Alcé la vista hacia él.

Me miró con odio y se acercó a mí amenazadoramente. Me levanté de la cama y me alejé de él.

—Estate calladita. —Me apuntó con la pistola.

Asentí y volvió a la puerta, apoyándose en ella. Me senté en la cama y agaché la cabeza pensando en un plan. Escuché los gritos de mi hermano, exigiendo que me dejaran en paz.

Cerré los ojos, ya que me entraron más ganas de llorar. Me levanté y fui hasta el baño mientras Leo me vigilaba.

—La puerta abierta —ordenó, acercándose.

Moví un poco la puerta, pero sin cerrarla. Miré en los bolsillos por si tenía el móvil, pero, como era de esperar, no lo encontré. Suspiré y me miré en el espejo. ¿Qué podía hacer?

Abrí, con cuidado de no hacer ruido, un pequeño cajón que está debajo del lavabo para ver si encontraba algo útil, pero, sin duda, ese no era mi día de suerte.

Volví a la habitación y me senté de nuevo en la cama. Se escuchó la voz de mi padre, gritando para que nos dejaran en paz.

No sé dé dónde saqué algo de valor para ir hacia la puerta y tocar el pomo para abrirla. Leo me agarró fuerte del brazo, haciéndome daño.

—¿A dónde piensas ir?

—Me haces daño.

—¿Dónde crees que vas? —volvió a preguntar.

—Necesito ver a mi padre.

—No vas a salir de aquí. —Me empujó, alejándome de la puerta, y caí al suelo.

Me levanté y una lágrima escapó de mis ojos, pero me la quité rápidamente para que no la viera.

Me sentía impotente por no poder hacer nada. No paraba de oír las voces de mi hermano, mi padre y Pedro. Eso me destrozaba, el hecho de estar yo sin atar mientras que ellos permanecían amarrados a una silla.

Volví a armarme de valor y me acerqué a Leo. Le di una patada fuerte en sus partes y, mientras caía de rodillas, aproveché para salir corriendo. Él me disparó, pero (por fin algo de suerte) el proyectil solo me rozó. Grité, pero no paré. Fui a la habitación de mi padre y cerré con seguro.

Escuché cómo abajo me llamaba mi hermano. Seguramente, pensaba que el disparo me había dado.

Me miré el brazo; estaba sangrando. Entré en el baño de mi padre y busqué algo para taparme la herida. Cogí una gasa y me la pegué con esparadrapo.

—¡Laura! —Escuché a Leo gritar mi nombre cabreado.

—Hija, si puedes sal —me pidió mi padre.

«¿En serio piensa que les voy a dejar aquí para salvarme? Si es así, está muy equivocado», me dije a mí misma.

Miré el cristal del baño y busqué algo con que romperlo. «Espero que luego no me eche la bronca», pensé.

Encontré una colonia que mi hermano y yo le regalamos y la tiré al espejo, que se rompió en mil pedazos. Agarré un trozo mediano y me lo escondí en la espalda con ayuda de la ropa y procurando no cortarme.

Salí y abrí la puerta de la habitación con cuidado de que Leo no me viera. Al ver que no estaba en el pasillo, salí corriendo escaleras abajo y entré en el salón, donde solo estaba Fabián.

—¡Vete! —me gritó Pedro.

—Suéltales —le exigí. Fabián me apuntó con la pistola.

—Al parecer, nunca vas a aprender, guapa.

—¡Detrás de ti! —me avisó mi padre.

No me di la vuelta; solo cogí el cristal y se lo clavé no sé dónde. Noté que me ponía el pañuelo; esta vez contuve la respiración y fingí que el cloroformo me había dormido.

—¡Átala cuando despierte! ¡Verá cómo muere alguien! —Escuché la voz de Saúl y después unos pasos. Noté que Fabián me cogió y me sentó en la silla para atarme.

—Deja a mis hijos y a Pedro en paz —pidió mi padre—. Fue mi culpa. Hacedme a mí lo que queráis, pero, por favor, permitid que ellos se marchen.

—No, es más divertido así. Debes saber que al principio teníamos pensado solo matarte a ti cuando nos devolvieras lo nuestro, pero tu querida hija lo estropeó todo, así que ahora ninguno se libra.

—Primo, dice tu hermano que vayas. Tranquilo, que yo vigilo. —Escuché a Leo—. Será por el cristal.

Volví a oír pasos. Noté que alguno de ellos se acercaba a mí.

—Sé que estás fingiendo —me susurró Leo al oído—. Cuando estás dormida tienes el rostro más relajado, así que abre los ojos.

No hice caso y seguí haciéndome la dormida. Noté que me agarró fuerte del brazo en el que tenía la venda y empezó a apretar. La verdad era que me estaba doliendo, pero si abría los ojos una de las personas a las que quería iba a morir.

Cada vez apretaba más fuerte, hasta tal punto que tuve que gritar por el dolor. Nada más chillar me soltó y me miró con una sonrisa. Yo le respondí con una mirada de odio.

—Te conozco bien, Laura —dijo Leo—. Te estuve vigilando.

—Si me conocieras bien habrías conseguido que no lastimara a tu primo.

—Quería ver de lo que eras capaz. —Me abofeteó—. Y escapasteis porque dejé la puerta sin llave. Solo me aburría que todo fuera tan fácil.

—¡Déjala! —le gritó mi hermano enfadándose.

Pedro era el único que no decía nada, solo miraba al suelo. ¿Se arrepentía de haber quedado conmigo?

Agaché la cabeza. No tenía que haberle dicho que sí a salir; si me hubiera negado, él no estaría aquí.

—Si fuerais inteligentes os daríais cuenta de que hay personas a las que les extrañará que aún no nos hayamos comunicado con ellas —expuso Pedro mirando a Leo—. Y si fuerais inteligentes, en vez de estar vigilando a una persona, estaríais controlando a los demás.

—¿Qué tratas de decir? —Leo se acercó y Pedro sonrió. ¿Qué estaría tramando?

—Solo que tú y toda tu familia sois unos completos idiotas.

Leo le apuntó con la pistola con cara de pocos amigos.

—No le dispares —le rogué mirándolo.

—¡Fabián, Saúl! ¡Que alguno de los dos venga ahora mismo! —gritó Leo. Saúl apareció con mala cara.

—¿Qué mierda quieres?

—Vigílalos tú.

Leo se fue del salón y Saúl se sentó en el sofá que estaba detrás de nosotros.

—Tú, maldito.

Saúl se levantó rápido del sofá, se puso delante de Pedro y le pegó en la cara, haciéndole sangrar por la nariz. Para sorpresa de todos, Pedro golpeó a Saúl en la tripa y se intentó soltar rápidamente los pies, pero no lo consiguió, ya que Saúl le puso la pistola en la nuca y se tensó.

Me miró, susurrándome algo que no pude entender, y vi que aún estaba intentando soltarse los pies, pero despacio.

—Saúl, si lo matas… estaréis implicados en un delito de asesinato, que se añadirá al de secuestro.

—¿Crees que somos tontos? No vamos a ir a la cárcel; lo tenemos todo muy bien pensado. Además, no trabajamos solos —dijo sonriendo y dirigió su mirada a papá—. Dile a tu querido papi que de la cárcel en la que estaban es muy fácil escapar.

Capítulo 13

Vi a mi padre tensarse y a mi hermano poniéndose pálido. Yo estaba sorprendida. Al parecer, lo que daban a entender era que su padre y su tío habían escapado de la cárcel. «¿Serán capaces de venir aquí?», pensé. Era muy posible, siendo familia.

—¿Piensas dispararme o puedo ponerme bien? —le preguntó Pedro.

Se escuchó cómo quitaba el seguro de la pistola. Pedro lo agarró de la cintura, lo tiró al suelo y se puso encima. Al parecer, había aprovechado que estaba distraído hablando para soltarse los tobillos. Empezaron a forcejear. Saúl intentaba que el cañón de la pistola apuntara a Pedro y este a su vez intentaba encañonar a Saúl.

—Maldito, te pienso matar. A ti y a todos los que se metan con mis amigos —dijo Pedro con odio.

Se oyó un disparo. Saúl gritó. La bala se le había incrustado en el brazo. Pedro aprovechó para coger la pistola, se puso de pie y corrió a desatar a mi hermano. Mientras tanto, Saúl se agarró del brazo y se levantó.

Javier, ya desatado, fue a por Saúl. Pedro me desató a mí y aparecieron Leo y Fabián.

Pedro me puso detrás del él y les apuntó con la pistola. Los dos también sacaron sus armas; Leo apuntando a mi hermano, que paró de golpear a Saúl, y Fabián a Pedro.

—No hagas ninguna tontería, por favor —le susurré al oído.
—Estás en desventaja. —Saúl sonreía.
—Mirad la hora —pidió Pedro con gesto victorioso. Todos la miramos—. A esta hora siempre estamos con nuestros amigos y si alguno no viene se sabe que le pasa algo, así que nuestros amigos se preocuparán.

Saúl continuó sonriendo; al parecer, eso ya lo tenían pensado.

—A no ser que sean avisados de que no os apetece ir — puntualizó ampliando su sonrisa.

Nadie habló. Acto seguido Fabián disparó a Pedro en la pierna. Él solo gritó, arrodillándose para tocarse donde le habían disparado. Leo cogió la pistola.

—Eres estúpido —le reprendió Leo.
—Hermano, ve a limpiarle. No queremos que nadie muera por ahora —pidió Saúl—. Yo me voy a limpiar el brazo.
—Si no queréis que muera, que me atienda Laura. Vosotros no —dijo Pedro muy serio.

Los tres se miraron y Saúl se fue. Leo apuntó con la pistola a Javier y Fabián nos agarró del brazo y nos llevó al baño de arriba, quedándose en la puerta. Yo no sabía qué hacer para detener la hemorragia. Solo miraba a Pedro sin moverme.

—Si estás delante no me va hacer nada y eso quiere decir que moriré. Prefiero morir antes de que uno de vosotros me toque.

—En la hora de matar, yo lo haré con mis propias manos.

—Se fue un poco más lejos; aun así, le veíamos.

Pedro cogió un montón de papel y se lo puso sobre la herida. Luego lo sujetó con esparadrapo.

—Sabes que mi padre es policía, ¿verdad? —me susurró. Yo me limité a asentir—. Estos tres son novatos, pero como vengan sus padres vamos a estar muertos. Sé que harás cualquier cosa por nosotros, así que te diré a quiénes nos enfrentamos. Creo que es hora.

Lo miré con mucha atención. Nunca había visto esta faceta de él. Nunca había utilizado lo que su padre le enseñaba para protegerse o conocer a quién se enfrentaba. Recuerdo una vez que estábamos todos y vimos a su padre deteniendo a un hombre y diciéndole a su hijo alguna cosa.

—Saúl solo era un estudiante de buenas notas, siempre diez o nueve, pero por culpa de su padre tuvo que dejar todo para seguir sus pasos. No sabe mucho. Fabián siempre ha sido un delincuente, siguiendo los pasos de su padre. Aunque no te lo creas, también enseña a su hermano. Tal vez sea el que más conocimientos tiene. Y Leo, aunque tampoco te lo creas, quizá todas esas veces que te protegía eran verdad. Tiene una enfermedad mental, doble personalidad. Su familia siempre intenta que esté el Leo de ahora. Tal vez sí que os dejó escapar de verdad. Pero quiero que tengas algo en mente: ¿cuánto miedo tiene que tenerle Saúl a su padre para hacer ese gran cambio en su vida?

—¿Cómo sabes todo eso? —le pregunté inquieta.

—En cuanto desapareciste estuve con mi padre y, bueno, conseguí acceder a su ordenador sin que se diera cuenta. —Esbozó una sonrisa y me pasó la mano por los hombros—. Volvamos. Tú estate tranquila. —Me besó la mejilla.

Ayudé a Pedro a bajar hasta el salón. Esta vez no nos ataron, pero los tres estaban en las salidas y cada uno tenía una pistola en la mano. Me acerqué a mi hermano y lo abracé fuerte. Mi padre ayudó a Pedro a sentarse en el sofá.

Leo estaba muy recto, con la cara muy seria y mirándonos fijamente. Saúl nos miraba y de vez en cuando consultaba la hora. Fabián, por su parte, estaba de brazos cruzados, sonriendo mientras jugaba con la pistola.

Me separé de mi hermano, fui donde estaba Pedro y me senté a su lado. Lo abracé y puse mi cara en su hombro.

—Utilizaré lo que me has dicho —le anuncié en un susurro.

Negó con la cabeza. En ese momento me di cuenta de que ya tenía el papel manchado de sangre, así que me levanté y me acerqué a Saúl.

—Necesito toallas, aún no ha parado. —Lo miré suplicando—. Por favor, déjame ir a por unas toallas.

Saúl miró a su hermano. Cuando este asintió, me puso delante de él, me agarró y me llevó hasta el baño. Cuando ya estábamos dentro cerré la puerta y le hablé mientras cogía unas toallas:

—Sé cómo eres. —Clavé la mirada en él—. Un joven estudioso que lo dejó todo por ayudar a su padre.

—Cállate —replicó enfadado, pero a la vez con algo de sorpresa.

—Si crees que así tiene que ser un padre, te equivocas. Un buen padre no hace que su hijo deje de estudiar y mucho menos lo que estás haciendo. Saúl, te pueden meter en la cárcel. Y si sales, ¿crees que tendrás buena vida?

Saúl no habló. Me agarró fuerte del brazo y me llevó de vuelta al salón. Se colocó donde estaba antes, pero esta vez miró a su hermano, pensativo.

Me acerqué a Pedro, me agaché frente a él y le quité los papeles. Puse la toalla y apreté sobre la herida, lo que hizo que soltara un gruñido. Me preocupaba, ya que estaba pálido, pero me sonrió.

Mi hermano se agachó a mi lado.

—Laura, vete con papá. Tú, Pedro, túmbate en el sofá. —Los dos obedecimos.

Abracé a mi padre y me correspondió. Aunque estábamos en peligro, me sentía segura en sus brazos.

—Mi tesoro, sé fuerte como siempre, pero sin hacer tonterías. Debiste haber escapado cuando tuviste la oportunidad.

—No os iba a dejar solos. Sois mi familia.

—¿Empezamos la diversión? —preguntó Leo con una sonrisa impaciente.

—Sabes que hay que esperar.

Leo bufó. Volví a mirar a Saúl, que esta vez estaba con la cabeza agachada.

Empecé a pensar un plan para que todos consiguiéramos escapar y llevar a Pedro cuanto antes a un hospital para que le curasen la herida.

Me separé de mi padre y volví junto a Pedro y mi hermano. Me agaché al lado de Javier y me di cuenta de que la toalla ya estaba muy manchada de sangre.

—Tenemos que hacer algo. En cuanto vengan sus padres estamos perdidos —me advirtió mi hermano en voz baja.

Vimos a Saúl acercarse a su hermano. Le susurró algo al oído y desapareció del salón. Al parecer, teníamos algo de suerte, pues una de las salidas se quedaba libre. Lo malo era que los otros dos que nos vigilaban tenían pistolas. Miré a Pedro y Javier, que también me estaban mirando. Al parecer, los tres estábamos pensando lo mismo.

—Lo haré yo —dije mientras me ponía en pie.

—No, lo haré yo. —Mi hermano me agachó y me abrazó fuerte—. Sé que eres rápida, pero es más peligroso hacerlo que estar aquí.

Javier se levantó y fue hacia nuestro padre, que lo abrazó con fuerza. No sabía por qué, pero me pareció un poco como si se tratara de una despedida. Tal vez solo fuese mi imaginación.

Nada más soltarse, corrió lo más rápido que pudo hacia la cocina. El primero en reaccionar fue Fabián, que salió rápidamente para atraparlo.

Cerré los ojos y noté que alguien me abrazó. No tuve que abrirlos para saber que era mi padre. Puse mi cabeza en su pecho y también lo abracé. Escuchamos un disparo y rápidamente me solté de mi padre, corriendo para buscar a mi hermano.

Cuando lo vi estaba de rodillas frente a dos hombres, los dos de unos cincuenta y pocos años. Se notaba que eran los padres, pues se parecían a sus hijos.

Uno de ellos apuntó a mi hermano con la pistola. Me agaché junto a él y lo abracé intentando protegerlo. Por suerte, parecía que no estaba herido.

—Yo estaba en el salón con el padre y un amigo. Saúl anda por la casa —explicó Fabián.

—¡Saúl! —gritó enfadado uno de los hombres.

Apareció a los pocos segundos, pálido y con la cabeza agachada mientras se acercaba a su padre.

—Papá… —Lo miró a la cara, pero no lo dejó hablar, pues le había dado un golpe en la tripa, cerca de donde le clavé el cristal—. Lo siento, papá.

—Nunca debes alejarte de ellos… No sé cómo puedes ser mi hijo. Fabián, estoy muy orgulloso de ti, no como de tu hermano.

Saúl volvió agachar la cabeza, mientras que Fabián sonreía muy orgulloso.

—Vosotros quedaos con ellos en una habitación. Nosotros vamos a ver a Leo. —Señaló a su hijo Saúl—. Haz caso a tu hermano y no estropees nada. Sabes que te puedo castigar.

—Sí, padre.

Los hermanos nos agarraron para llevarnos a la habitación de Javier. Ahora entendía por qué Saúl lo hacía. Para él era una obligación; estaba a las órdenes de su hermano. Todo lo contrario ocurría con Fabián, que parecía disfrutar.

Capítulo 14

—Ve a la ventana, no vaya a ser que estén tan locos como para saltar —ordenó Fabián cerrando la puerta y apoyándose en ella.

Saúl obedeció y se colocó frente a la ventana con la cabeza agachada. Javier y yo nos miramos; no sabíamos qué hacer. Los cuatro estuvimos en silencio hasta que un teléfono empezó a sonar.

—Si es ella no contestes —dijo Fabián.

Saúl miró quién le llamaba y contestó.

—Sí… Lo sé… No sé cómo… Lo haré… Y yo.

Saúl colgó y Fabián puso la mano para que le diera el teléfono. Se lo lanzó y lo miró.

—Cómo no, siempre preocupándose por su hijo favorito —masculló Fabián con cierta amargura—. Ella no te quiere. Si te quisiera, no habría dejado que hicieras esto. Ahora vengo. —Fabián salió.

Saúl fue a la puerta y cerró los ojos susurrando algo.

—Conseguí manipular a Leo para que fuera él el que hiciera algo para que escaparais —nos habló Saúl—. Mi hermano me vigila mucho. Yo no quería esta mierda. No sé cómo ayudaros, pero me alegré cuando mi padre…

Se calló de golpe, ya que la puerta se abrió y aparecieron su padre y su hermano.

—¿Qué ibas a decir de mí? —preguntó el padre con rostro serio.

—Me alegré cuando saliste.

—Sabes que te tengo que castigar por no obedecer a tu hermano.

—Lo sé.

—Vamos.

Los dos salieron. No pude evitar sentir algo de lástima por él. Al poco rato oímos unos gritos, que sabíamos que eran de Saúl. Fabián sonreía desde que empezaron los gritos. Me tapé los oídos y mi hermano me abrazó. No sé cuánto tardó en volver. Se puso directamente frente a la ventana. Le salía sangre por la espalda y la camisa estaba manchada. Tenía los ojos rojos y miraba con rencor a su hermano.

—Sabes que tienes que obedecerme —dijo Fabián.

Vi a Saúl con los puños cerrados fuertemente. Los nudillos se estaban poniendo blancos. Avanzó hasta donde estaba su hermano.

—Voy a ver a padre.

—No te vas a mover de aquí.

Saúl caminó por la habitación susurrando cosas que no se entendían. Nos dimos cuenta de que no dejaba de mirar a su hermano de reojo.

—Tengo que hablar con padre ahora mismo —siguió insistiendo.

Fabián lo único que hacía era negar con la cabeza. Saúl se fue a la ventana y se cruzó de brazos hasta que sacó una pistola de su espalda y apuntó con ella a su hermano.

—¡Ya basta! —gritó Saúl—. Ya es hora de que pueda elegir.

—No digas tonterías —replicó Fabián, también apuntándole con su arma—. Sé que no te atreves, pero yo sí. —Le disparó en el hombro.

Abracé a mi hermano y a los pocos segundos apareció el padre. Javier se separó de mí y fue junto a Saúl.

—Si le das la pistola, te mato —le amenazó el padre con un tono realmente aterrador.

Saúl le iba a dar la pistola a mi hermano, pero su padre le disparó en la cabeza. Fabián sonrió y cogió la pistola de su hermano muerto. Yo cerré los ojos y Javier se puso a mi lado y me abrazó. No me podía creer que hubiera matado a su hijo.

Sonó el timbre de la puerta de casa y sonreí, ya que seguramente serían mis amigos. El hombre me agarró fuerte, haciendo que mi hermano me soltara, y me llevó hasta la puerta.

—Si dices alguna tontería, mueres. —Noté la pistola en mi espalda.

Giré el pomo y abrí la puerta. Mi sonrisa desapareció cuando vi que era una mujer de unos cincuenta y tantos años.

—Sea quien sea, haz que se largue —susurró el hombre.
—Lo siento, señora. Creo que se ha equivocado de casa. —Cerré la puerta.

Agaché la cabeza y empecé a sentirme como la mierda por poder pensar que teníamos una oportunidad. Me llevó por el pasillo y me dejó en el salón, donde abracé a mi padre.

—Os lo daré —afirmó mi padre mirando al hombre.
—¿Qué les vas a dar?
—¡Fabián, baja al chico! —gritó el padre de Leo.

Al poco metieron a mi hermano y se llevaron a mi padre, que no me respondió, dejándonos solos con Fabián y Leo.

—Laura… Javier —nos llamó Pedro. Nos acercamos a él agachándonos. Estaba demasiado pálido. Extendió la mano y me dio un papel, que me guardé rápidamente—. Decidles a mis padres… que… no sufrí. —En su rostro se dibujó una leve sonrisa.

—Hermano, no vas a morir —le dijo Javier.

—Saldréis… de… esta. —Cerró los ojos.

—Pedro. —Empecé a moverlo, pero no respondía ni hacía nada—. ¡Pedro! —le grité llorando.

—¡Hermano! —lo llamaba Javier, tomándole el pulso.

—Al fin algo de diversión, una muerte —intervino Leo—.

—En realidad, son dos. Saúl ha muerto. Bueno, yo le disparé en el hombro y padre en la cabeza. —Fabián se reía.

—Y me lo he perdido. —Leo también se reía.

—Pedro, por favor, habla —le seguía pidiendo yo entre susurros y con el rostro bañado en lágrimas.

Mi hermano me abrazó. Había jurado salvar a todos, pero fallé y una de las personas más importante para mí había muerto. Abracé fuerte a mi hermano, escondiendo la cabeza.

—Sé fuerte —me pidió Javier.

Grité mientras seguía llorando. No sabía qué decir, estaba destrozada por Pedro. Mi hermano era más fuerte; se estaba guardando las lágrimas para que esos dos malditos no disfrutaran más del espectáculo. En ese momento aparecieron sus padres.

—Vámonos rápido. —Los cuatro salieron disparados de la casa.

Nos dejaron arrodillados en el suelo. Al fin mi hermano empezó a llorar. Los dos estábamos destrozados.

Capítulo 15

Ya habían pasado dos días desde la muerte de Saúl y Pedro. Dos días hacía que no hablaba con mi padre. Al parecer, ellos tenían razón.

Estábamos los tres en el cementerio, pero yo me situé alejada de mi padre. Estaba con mis amigos y con los familiares de Pedro, aunque de vez en cuando miraba de reojo a papá, que parecía estar tranquilo. Cuando terminó el funeral me acerqué a los padres de mi amigo.

—Pedro quería que supieran que en ningún momento sufrió y que luchó hasta el final como usted le enseñó, señor.

Me abrazaron llorando.

—Eso nos alivia un poco —respondió la madre.

Les sonreí y volví con mis amigos y mi hermano, mostrándoles la carta que nos escribió Pedro:

Queridos hermanos, si leéis esta carta quiere decir que ya estáis a salvo. No quiero que lloréis por mí. Sois mi familia y quería que estuvierais bien.

Aunque penséis que ya no estoy con vosotros, os equivocáis. Estoy con todos, protegiéndoos, y espero que no os olvidéis de mí. Yo esperaré a que estéis viejos para volver a veros. Antes de irme me gustaría decir unas cosas:

A mis padres decirles que no sufran, pues no sufrí. Luché hasta el final como me enseñaste, papá.

Laura, sé que ya es tarde, pero antes de irme quiero que sepas que estoy enamorado de ti, pero no quería decirte nada para no perder nuestra amistad.

Y a todos mis amigos y hermanos os recuerdo que siempre estaré con vosotros. Espero con ganas el día en que nos volvamos a ver.

Nos abrazamos todos llorando. Esto no va a quedar así. Voy a averiguar por qué murió Pedro y qué esconde mi padre.

Por Pedro encontraré la verdad.

Nacida en Logroño en 1998, Verónica Reyes Martínez se adentró en el mundo de la escritura a los once años, concretamente en la poesía, pero a los pocos meses se puso a escribir historias en Wattpad y hasta hoy no ha dejado de hacerlo. Este es el primer libro que publica en papel, ya que siempre había escrito en el ordenador.